Marie Chaix

Juliette, chemin des Cerisiers

récit

Éditions du Seuil

TEXTE INTÉGRAL

EN COUVERTURE : photo droits réservés

ISBN 2-02-009266-2
(ISBN 1re publication : 2-02-008600-X)

Pour les Perrin,
les Bonnard, les Saugnier, les Griot,
les Durand, les Morel, les Barbet,
pour tous ceux d'Arciat
et de Cormoranche-sur-Saône.

« Des bonnes, il y en avait eu d'autres chez nous, mais, quand je regardais Juliette, je pensais que toutes celles dont on racontait parfois les bons mots ou les bêtises faisaient partie d'une espèce disparue. Les Marthe, les Marie, les Adèle s'étaient succédé " au service " de maman, dans une ère révolue. Elles étaient des anecdoctes, le musée Grévin. Nous, nous avions Juliette. »

Les Lauriers du lac de Constance, 1974.

Ce livre est consacré à la vie de Juliette. Pendant trente-cinq ans, de 1937 à 1972, Juliette fut un membre essentiel de la famille. Nous avons traversé les mêmes orages, je n'allais pas lui inventer une autre vie ; j'ai donc été amenée à faire revivre des événements et des personnages dont j'ai par ailleurs déjà témoigné. Que l'on sache simplement que, sous les mots de ce récit, c'est la voix de Juliette que l'on entend, son regard que l'on devine.

9 juin 1983.

Juliette et Hortense sont rentrées à la maison. Il y a dix jours, il avait fallu partir, l'eau couleur d'argile léchait le seuil. Elles ont tenu jusqu'au dernier moment, il n'y avait plus personne dans le hameau. Les pompiers sont venus avec leur bateau : « Vous ne pouvez plus rester là, mesdemoiselles. » Alors elles ont tout rangé, transporté le bas des armoires dans le haut des armoires, surélevé le réfrigérateur et la cuisinière, mis les meubles sur des cales sans oublier l'horloge qui ne se souvenait pas d'avoir vu pareille chose un 30 mai, de mémoire de vieille horloge, jamais.

Juliette et Hortense, les deux sœurs Perrin qui ont presque l'âge du siècle, vivent leur retraite, ensemble, depuis une douzaine d'années, dans la jolie maison rose de leur enfance que leur mère leur a léguée, à Arciat, hameau de l'Ain, non loin de Mâcon.

La Saône a toujours rythmé la vie des riverains, s'échappant de son lit pour un oui pour un non et s'en allant musarder, insoucieuse, à travers champs et prairies, loin dans la Bresse, noyant sans égard chemins et fermes, obligeant les gens à dormir dans les greniers et à prendre la barque pour aller au marché.

« Cette année, elle exagère, notre Saône. » A Noël, Juliette et Hortense ont failli plier bagage. « Notre maison était une île. De la fenêtre de la cuisine, nous regardions l'eau à perte de vue et entendions les petites vagues venir s'échouer contre la marche devant la porte. »

Le 30 mai eut lieu la troisième crue de la saison, crue tardive de printemps, Saône, pour qui te prends-tu ? Grossie des eaux du Doubs, des orages, des neiges, de toutes les colères de ce printemps inondé, la Saône a perdu toute mesure et semé la désolation le long de sa vallée. Juliette ne se souvient pas d'avoir assisté à pareil scandale en cette saison, la plus belle, où, après avoir épuisé les primevères, muguet et autres fleurettes précoces, le petit jardin se pare de toutes ses roses. Que trouve-t-on, ce 9 juin, à l'heure des parfums d'été, quand on rentre chez soi ? Une croûte grisâtre et sèche qui a recouvert fleurs, herbe et terre, et, au-delà du chemin, un immense marécage verdâtre où barbotent tristement arbres et buissons. Pour consoler le regard ils font ce qu'ils peuvent, dressant leurs feuilles restées vertes au-dessus du niveau de la crue car, en dessous, il n'y a rien, tout est gris, pourri, mort.

La chaleur est tombée sur le pays alors que la décrue s'amorçait à peine, figeant cette pellicule de vase sur tout ce qui demandait à vivre et à pousser. Une misère. On s'en souviendra. Les hortensias énormes qui longeaient tout un mur du jardin sont morts. Seuls les rosiers, courageusement, repartent. « Que veux-tu qu'on y fasse, dit Juliette avec fatalisme, pour nous ce n'est pas grave, ce n'est qu'un petit brin de jardin, mais pour les fermiers c'est une catastrophe. Ils ne peuvent pas replanter et tous les semis, l'eau les a emportés, leur laissant la boue en échange, une boue crayeuse qui a tout dévoré. »

Dans la maison qui sent la vase, il faut enlever les cales, redescendre le bas des placards à leur place, il faut nettoyer le cellier, seul endroit où l'eau est entrée. On avait laissé des outils dans un coin. Juliette s'attendait bien à ce qu'ils rouillent, mais elle les a retrouvés couverts d'une couche épaisse, rouge comme du minium. Enfin, que pouvait-il y avoir de si poison dans cette eau-là ? Hortense a frotté les outils pendant une matinée, d'ailleurs, Hortense, à son âge, elle ne devrait pas en faire autant : « Pas moyen de l'arrêter », soupire Juliette qui, elle, se sent fatiguée. Elle aimerait mieux s'asseoir sous l'auvent dans sa chaise longue et, le chapeau de soleil sur les yeux, regarder pousser les rosiers. Mais Hortense veut couper ci, gratter ça, pense aux tomates de l'été, elles ne viendront pas toutes seules, aux haricots verts... « Le potager est dur comme un caillou, dit Juliette, que veux-tu planter dans un caillou ? Ah, le déluge, ma pauvre, ça n'a pas dû être beau ! »

Dans la maison rose aux volets verts du hameau d'Arciat, Françoise Perrin née Perrault, la mère de Juliette et Hortense, passa ses dernières années et mourut en 1948. Cette maison-là, avec son auvent de tuiles rondes, sa grange et son grenier, avait coûté mille francs en 1900. N'ayant pas le premier sou, Françoise, sur les conseils de sa mère, avait emprunté à un lointain cousin, instituteur à Bourg-en-Bresse, alors qu'elle venait de se marier. Le cousin vint régulièrement encaisser les intérêts, cela dura jusqu'à la guerre de 1914. Doucereux, il marchait derrière Françoise, la suivait dans la cuisine, sous la remise et jusqu'au potager, ce galapiat, lui susurrant à l'oreille : « Si tu veux, Françoise, on peut s'arranger autrement pour la rembourser, la maison... » Françoise ne répondait pas. Pour ce genre d'arrangement, ça non, il ne fallait pas compter sur elle.

Françoise Perrault était née en 1875..., « enfin, à peu près », selon Juliette, qui ne se souvient ni du jour ni du mois. La date est sans doute inscrite sur sa pierre tombale, mais elle est enterrée à Lyon, on n'y va plus, et puis quelle importance... Dans la famille, on ne conservait pas les archives, les rares photos ne sont pas datées. Qui aurait jamais pensé qu'un jour quelqu'un pourrait s'intéresser à tout ça ?

Françoise venait des Dombes, de « par là », ce pays plat semé d'étangs calmes au bord desquels nichent canards et poules d'eau. On sait peu de chose sur ses parents, de pauvres cultivateurs. En a-t-on jamais vu de riches, « par là » ? Une famille de huit enfants qui feraient huit pauvres de plus.

Juliette n'a pas connu ses grands-parents. Elle se souvient seulement de Jeanne-Marie, la sœur aînée, qui avait vingt ans de plus que Françoise. Devenue veuve, elle s'occupa souvent de ses nièces, Juliette l'aimait bien. Pas fâchée de devenir veuve, la Jeanne-Marie, au moins elle n'était plus affublée de son ivrogne d'homme qui savait la dénicher dans les buissons où elle se réfugiait avec ses gosses pour la battre. Jolie, elle était seule dans la famille à porter une coiffe blanche, bien amidonnée.

Françoise avait vingt-cinq ans au moment de la naissance des jumelles Hortense et Louise, de cela on est sûr, c'est un événement qu'on ne peut oublier. Mais, sur la vie d'avant nos parents et même sur leur jeunesse, on ne sait rien. On ne s'embarrassait pas de raconter des histoires aux enfants, on n'avait pas le temps. Les enfants ne posaient pas de questions, ce n'était pas la mode. Y pensait-on seulement... Un jour suivait un autre jour, il fallait manger, vivre et travailler, et quand on mangeait moins on travaillait quand même. Les enfants n'avaient qu'à se taire, bien assez de devoir les nourrir.

Un des rares souvenirs évoqués par Françoise — enfant, cela avait dû la frapper — était la fréquente abondance de récoltes qu'on n'arrivait pas à vendre, les tonnes de pommes de terre pourrissant sous les remises. Le mot « pauvre » revenait comme une litanie. Pauvres, les paysans des Dombes l'étaient, ils louaient des champs et cultivaient ce qu'ils pouvaient. A côté d'eux, comme partout, se pavanaient les riches, ceux qui possédaient les champs et se fichaient pas mal des pommes de terre qui pourrissaient…

Quand ça allait bien, on avait une vache ou deux, on vendait le beurre, pas cher. Sur le pain, nous, on mangeait du saindoux avec une pincée de sel, ce n'était pas mauvais.

Françoise Perrault et Charles-Benoît Perrin se sont mariés au tournant du siècle. Il n'existe pas de photo de mariage, mais je peux l'imaginer, le couple de jeunes mariés qui n'eut pas de quoi se payer le photographe. Lui, un grand garçon aux cheveux blonds en broussaille, à l'œil transparent. De superbes moustaches barrant un visage auquel elles confèrent une énergie dont le bon Charles ne débordait pas. Elle, petite, assez dodue dans sa robe de satinette noire, car les mariées étaient en noir. Autour de son visage, rond, aux pommettes saillantes, pas une mèche ne dépasse. Les cheveux maigres sont tirés en un petit chignon au sommet du crâne. Ce jour-là, elle a posé sur son front une coiffe en organdi blanc repassée soigneusement par Jeanne-Marie.

Côte à côte, plutôt raides, ils ne se regardent pas, ne se donnent pas la main. Peut-être Françoise, pour bien montrer qu'elle le tient, son homme, a-t-elle simplement passé son bras sous le sien. Sérieuse, calme et déterminée, on sent que c'est elle, la jeune épouse, qui va mener la charrue.

Comment se sont-ils rencontrés ? Juliette ne sait pas. Au village, certainement, par hasard. Lui était de « par ici », de Cormoranche-sur-Saône, à la lisière de la Bresse. Elle travaillait à la journée dans les fermes, chez les propriétaires, « les gens bien », à un franc par jour, ou chez les commerçants. Les gros travaux ne la rebutaient pas, comme les lessives qui, alors, prenaient des jours, coûtaient de la peine, le dos courbé, les bras dans l'eau glacée du lavoir ou dans les trous du bord de Saône.

Et Charles, que faisait-il ? Oh, pas grand-chose. Il aimait surtout pêcher ou chasser le long des étangs ou sur la Saône. Juste ce qu'il fallait pour manger un morceau, boire son « canon ». Regardait-il les filles ? C'était un brave garçon. Par les belles après-midi, ceux qui ne travaillaient pas aux champs aimaient à sortir des chaises devant la buvette, sur la place de Cormoranche, chez Bouchy ou chez Ferrand. De tout temps, il y eut trois cafés sur la place, autour de la fontaine, un grand bassin rond avec au centre son jet d'eau. Ils s'asseyaient là ou s'adossaient au mur, à regarder le ciel ou les vaches que l'on menait boire. A-t-il vu passer Françoise, un jour de paresse, portant un ballot de linge sur la tête ? Ou bien lui a-t-il proposé de l'aider à pousser la brouette où dansait un baquet débordant de draps blancs ? Crois-tu, ça m'étonnerait. Alors, ils se sont trouvés à la noce d'une cousine. Françoise avait mis un tablier blanc pour égayer sa jupe grise et, en souriant, relevant du dos de la main l'ombre d'un cheveu, peut-être avait-elle accepté de danser avec Charles ?

C'est plus probable, les rencontres se faisaient comme ça. Et puis il a dû bien lui plaire son Charles, à Françoise, en tout cas ce n'est pas son argent qui l'a attirée. Car il n'avait rien. Rien de rien. Il est arrivé avec un baluchon et son fusil. En dot, Françoise apporta son trousseau, une fille n'existait pas sans trousseau, des draps de grosse toile, des torchons, quelques chemises et puis une ou deux casseroles. Enfin, cela est sûr, elle fournit au ménage, venant de sa grand-mère, l'armoire à glace et le lit.

Dans le hameau d'Arciat, on leur prêta une petite maison

et, avec ses économies grattées sur son salaire de fille à la journée, Françoise put louer un lopin de terre. Voilà quelle était leur fortune pour partir vers la vie.

Charles, qui n'aime pas trop faire le paysan, n'aide pas beaucoup à la terre. Il préfère chasser ou pêcher. Vend-il ce qu'il attrape ? Penses-tu ! Il est trop gentil. D'ailleurs, à la pêche ou à la chasse, il ne va pas seul ; l'autre, souvent plus malin que lui, garde ce qui est bon et Charles se contente d'un canon. Aussi, quand il rentre à la maison avec la poule la plus moche ou une poignée de grenouilles, Françoise le gronde-t-elle : « Mon pauvre Charles, tu te feras toujours rouler », mais elle ne se plaint jamais. Hochant la tête et retournant à l'ouvrage qui n'attend pas, elle pense : les hommes sont justes bons à ça, courater, boire un coup, pas méchants, non, mais sans cervelle, et puis, le soir, se glisser entre les draps où il faut encore s'occuper d'eux... les dorloter ? Elle ne dorlote pas, Françoise. Mais faire l'épouse, ça oui, bien obligée, et ils se fichent, les hommes, de savoir si vous vous êtes crevée au champ... Après tout, ne vaut-il pas mieux un homme comme ça que pas d'homme du tout ?

Pour la première fois, en 1901, Françoise est enceinte. Elle a vingt-cinq ans, le bon âge pour ouvrir une lignée, elle souhaite un fils.

Elle a souffert le temps qu'il faut, la délivrance approche. La sage-femme s'affaire dans la chambre avec deux voisines venues aider. Charles est sagement assis dans la cuisine, une main sur un genou et dans l'autre un petit verre, il faut se donner du courage quand on entend sa femme gémir.

Enfin, une voix fêlée emplit la maison, le voilà père. A la voisine qui a passé la tête pour dire : « C'est une fille », il répond qu'il est bien content d'avoir une fille. Il se lève et demande s'il peut la voir. Mais il entend le cri de la sage-femme : « Ce n'est pas fini, il en vient encore un autre ! » Alors Charles retombe sur sa chaise et se reverse un verre. « Ma foi, eh bien, on n'y peut rien, il y en aura deux. » C'est sa manière à lui de ne jamais s'affoler. Mais Françoise l'a entendu et, oubliant ses douleurs, se met en colère : « Bon sang de bon sang, on voit bien que c'est pas toi qui les fais ! »

Deux bébés d'un coup, ce n'est pas drôle quand, à grand-peine déjà, on a préparé un seul trousseau, un seul berceau à côté du haut lit de la mère. Une voisine prêtera une panière à linge, on trouvera bien par là de la toile à matelas pour tailler des draps supplémentaires. S'il y en a pour un...

Quand il les voit, ses rejetonnes, une dans chaque bras de la mère délivrée, il ne peut s'empêcher de rire, Charles, et d'essuyer une larme, quand même, c'est moi qui ai fait ça !

Un nouveau-né, dans ce temps-là, tu lui mettais la petite chemise, ensuite, sans doute, une chose en tricot et, entre les jambes, évidemment, des chiffons, une « panosse » comme pour les bébés de maintenant mais moins bien, tu penses, et puis, par là-dessus, tu liais un genre de lange, les bras bien serrés le long du corps, que tout ça reste bien droit. Coupé en biais dans de la toile — de n'importe quelle couleur, ce que tu avais à la maison —, sur les deux bords tu y cousais des boucles et puis tu passais une lanière là-dedans, de gauche, de droite, tu laçais ça comme un soulier...

Françoise ne se remettait pas. Se soigner, on ne savait pas ce que c'était. Retourner au champ, elle ne pouvait pas. Comment faire avec deux mouflettes ? Il y avait bien

Jeanne-Marie, mais chacune avait son ouvrage. On a enfin trouvé que Françoise avait de l'albumine. Pendant six mois, elle dut boire six litres de lait par jour, c'était le remède. Tout ce lait, pour elle toute seule, quel gâchis ! Mais elle guérit et put retravailler.

A travers champs et labours, Françoise la trimeuse promena trois grossesses et donna le jour à quatre filles : Hortense et Louise, puis Julie, dite Juliette, en 1905, et enfin Germaine en 1908. Je l'entends, disant un jour à son homme — pour, avec autorité, le mettre en pratique — qu'il se contenterait dorénavant du peu ; quatre étant la moité de huit, en termes d'enfants cela lui suffisait amplement. La hantise des « bouches à nourrir » n'avait pas été inventée par les riches et, même si les enfants étaient un don de Dieu, comme on l'entendait tous les dimanches, elle, Françoise, faisait la différence entre le ciel et la terre : là-haut on pouvait toujours rêver...

Les caresses n'étaient peut-être pas son fort, mais Françoise la volontaire fut une bonne mère. Rude mais juste, elle se faisait obéir ; « crainte et respectée », ce sont les mots tracés dans la mémoire de ses filles qui ont, toutes quatre, passé l'âge que leur mère atteignit. Si elle ne les embrassait qu'une fois par an, le jour de l'an, elles n'ont jamais pensé qu'il pût en être autrement ni que cela signifiât quoi que ce soit dans l'attachement mutuel qu'elles se portaient.

Quand, longtemps plus tard, Juliette se retrouverait dans une famille de trois enfants adulés par une mère à la tendresse démonstrative, elle penserait qu'ils étaient sans doute un peu gâtés mais, trop embrassés, jamais. Autre terre, autres mœurs. Se souvenant bien de la ritournelle

« Grossesses non voulues, enfants venus : tous ces pauvres en puissance qu'on ne pouvait pourtant pas noyer comme des chats », elle serait autrement surprise d'entendre ma mère lui confier un soir de 1941 qu'elle « désirait » un enfant...

Pour me raconter cela, Juliette marque un temps, l'instant est solennel. Hochant la tête, elle pointe un doigt vers moi — le rejeton de 1942, c'est bien moi —, alors sa voix flanche et ses yeux se remplissent de larmes : « Je n'avais jamais su qu'on pouvait " désirer " un enfant. Chez nous, un enfant, c'était une catastrophe. »

Il existe une charmante photo de Françoise et Charles avec leurs jumelles d'environ deux ans. Cela grâce à la grand-mère Perrault qui louait une maison du hameau à un certain Rambaud, lequel avait un parent photographe à Grenoble... Ces deux petits trognons de paysannes étaient si drôles et gentilles, une vraie curiosité dans un village, que le Grenoblois leur tira le portrait pour son plaisir, pour l'exposer aussi, pensez donc, dans sa vitrine en ville et du même coup offrir un exemplaire aux heureux parents.

Il avait suffi de bien se nipper en ressortant les habits du mariage, Charles sa cravate nouée et son gilet qui tirait un peu, Françoise le col et le jabot de satin noir. Assis côte à côte, chacun tient une petite fille entre les genoux, deux poupées raides dans leurs jupons amidonnés qui dessinent en corolles les robettes noires et les tabliers à motifs — fleurs ou fruits, Hortense dit « du rouge et du blanc ». Les bottines à boutons, on les leur avait prêtées.

Pour rire, elle ne rit pas, la petite famille. Tout le monde figé, intimidé, regarde droit devant soi, Charles rêveur, mais Françoise l'œil précis, l'air de dire : « Bon, tu la fais ta photo, on n'est pas des bêtes de foire, et puis dépêche-toi, on n'a pas le temps, nous autres... »

La grand-mère Perrault, avec ses petites économies, était bien généreuse. Quand elle vit sa fille fatiguée par la double maternité, ne pouvant plus bien aller au champ, elle fit cadeau d'une génisse. Contente comme Perrette et son pot au lait, Françoise fut plus prudente. Ce n'était certes pas l'aisance, mais on se débrouillait. La génisse devint vache et donna du lait, puis un veau... On prit quelques poules, on avait toujours le champ loué, enfin, qu'on le veuille ou non, on trimait et les lunes passaient. Mais les enfants, ah ça, les enfants posaient des problèmes. Il fallait bien les prendre quand ils venaient...

Rose, dodue et blonde, Juliette est née le 24 mars 1905 dans le hameau d'Arciat et dans le lit de sa mère. La sage-femme a dit : « C'est une fille » ; « Encore une fille », a dit Françoise, peut-être même qu'elle a dit : « ' core un ' fmala », parce qu'on parlait patois, seulement patois chez ces gens-là. Charles n'osait pas bouger de sa chaise, mais non, cette fois, il n'y en eut qu'une, le bon Dieu ne pouvait pas nous refaire ce tour-là...

Juliette fut d'abord Julie, c'est le nom que Charles son père alla faire inscrire à la mairie, Perrin Julie, une petite blonde qui braillait fort. Dehors il y avait des oiseaux, sûrement des violettes et des pervenches déjà, les étoiles au ciel devaient briller dans le bon sens et, si Françoise ne riait pas, si elle avait de l'albumine, si la vache Roussette était malade et si les giboulées cassaient les vignes, tant pis, parce que Juliette, la petite Julie braillait dans le lit de sa mère, elle était née, à elle seule elle ferait le printemps, un beau printemps cette année-là.

Après la mairie, pour se remettre, Charles s'arrêta à la buvette sur la place de Cormoranche. Il faisait encore un peu frais pour sortir les chaises. On est resté dedans et, peu à peu, on a oublié qu'on avait une troisième fille et une femme en couches qui dormait paisible sous la couette. Tard dans la nuit, on rentra tant bien que mal, soutenu par un compère encore plus saoul que soi. Il a fait tant de bruit en s'écroulant contre la porte, Charles, qu'il a réveillé la grand-mère Perrault assoupie près du poële. Elle ne l'a pas félicité.

Sur un sol de terre, formant une ligne bien droite, huit paires de sabots se tiennent sagement compagnie. A chaque sabot appartient son bas noir gainant la gambette que l'on aperçoit sous les tabliers bien tirés de huit petites filles assises, on le devine, sur un banc, dans la cour d'une école. En tout, elles sont vingt-neuf, plus la maîtresse cela fait trente, disposées pour la photo sur quatre rangs, les sept dernières montées sur un autre banc. Seules les mains des huit petites filles de devant sont visibles, la main droite tenant identiquement la gauche au creux des genoux, au-dessus du tablier qui pend, des bas noirs et des sabots.

Deux ont bougé, leur visage est trouble. Trois sourient vaguement, les autres n'ont pas bronché, raides dans leur blouse sombre, par-ci par-là un col blanc. Même coiffure : cheveux tirés en arrière, une tresse doit battre le dos.

Derrière elles, l'auvent du préau, soutenu par une belle poutre, et, tout à fait à gauche, une petite cabane qui ressemble à des cabinets. Au fond du préau, un objet circulaire, peut-être l'anse d'un seau ou d'un panier, est suspendu et placé de telle sorte, juste au-dessus de la tête de l'institutrice, que cela lui dessine une auréole.

Juliette est l'une des vingt-neuf fillettes de cette photo jaunie, extirpée d'un tiroir, que je lui ai un jour volée. Debout au deuxième rang, sérieuse dans sa blouse noire, on ne voit ni ses mains ni ses sabots. Elle n'eut pas le temps d'user son tablier sur les bancs de bois. Dans la famille Perrin, l'école n'est pas en odeur de sainteté. Chez les paysans, on le sait, envoyer les enfants à l'école, c'est se priver de main-d'œuvre. Les filles y vont le moins possible, de la Toussaint à Pâques, lorsque tout va bien.

Françoise n'est pas instruite, son bon sens lui tient lieu de savoir universel. Elle sait compter, écrire si c'est nécessaire, pourquoi ses filles auraient-elles besoin de plus ? C'est ce qu'elle pense, Françoise, quand, de son œil sec, elle les regarde s'envoler le matin dans leurs pèlerines, elles en sauront toujours assez, ce n'est pas l'école qui leur fournira du pain le jour où elles crèveront de faim…

Juliette aime bien l'école. On y trouve des choses que l'on ne trouverait jamais ailleurs, surtout pas à la maison. Des tables — on peut dire « ma table » — avec un encrier de verre rempli d'encre violette, des cahiers où l'on écrit son nom et des pages avec des lignes fines où, en tirant la langue, l'on trace des lettres, des mots, après avoir trempé dans l'encre la plume qui chante sur le papier. Le plus joli, ce sont les craies, les blanches et puis celles en couleur. Écrire en couleur… Dessiner… A la maison, si l'on a besoin de griffonner quelque chose, on attrape un morceau de charbon de bois dans l'âtre et puis c'est bon…

Vers la fin de l'année, la maîtresse distribuait de belles feuilles de papier décoré de fleurs ou ajouré, et l'on écrivait, en s'appliquant, de superbes lettres à ses parrain et marraine. Le jour de l'an, on les leur portait avec émotion pour recevoir en échange un menu cadeau, une orange, un bonbon.

Juliette apprend bien. L'institutrice se désole que des enfants doués ne soient pas poussés par leurs parents. Mais Juliette ne semble pas avoir souffert du peu d'instruction reçue, les regrets ne l'ont jamais tentée. Puisqu'il ne pouvait en être autrement… On était pauvre, on se conduisait comme des pauvres, chez nous, on ne « pétait pas plus haut que son cul ». La petite fille à l'air sévère sur la photo aima l'école comme elle aimait les champs, les saisons et sa vie : avec bonheur et sans rancune. « Chez nous », c'était son héritage, il faudrait « faire avec », se contenter de ce que Dieu et la mère dispensaient, accepter de faire partie de ce royaume à la fois béni et damné, royaume de la terre-nature et des saisons, où l'on courbe le dos quand un orage vous détruit la récolte, où l'on cache ses larmes dans un coin de son torchon quand la guerre vous arrache vos hommes...

Cinquante ans ou même trente ans plus tard, dit Juliette, j'aurais rué dans les brancards, il y aurait eu d'autres possibilités, mais en 1910, puis en 1914, tu vois un peu, que pouvait-on faire d'autre que soutenir ses parents, aider sa mère et apprendre un minimum, s'il restait du temps ?

Quand Juliette est en âge d'aller à l'école, la guerre est presque là. La famille est installée dans la maison rose que je connais. De nombreux aménagements ont été faits au fil des ans par les deux sœurs, mais, à l'époque, la maison a deux pièces, une étable et un grenier.

La cuisine est vaste, on y entre de plain-pied par une porte dont le haut est vitré et, quand on s'habitue à l'obscurité relative de la pièce au plafond bas, on aperçoit au fond le grand lit des parents, l'armoire et l'horloge à côté du buffet, l'éternelle horloge qui sonne deux fois les heures et les demi, qui fait un bruit d'enfer et ne s'est jamais arrêtée.

Dans l'unique chambre dorment les filles. Depuis 1908, elles sont quatre. Une petite Germaine, jolie comme tout, blonde aux yeux d'un bleu de ciel de la Fête-Dieu, est venue clôturer la famille. Elle est née dans la cuisine de la maison rose et il est bien possible que Françoise, en lâchant sa quatrième fille, malgré le sourire engageant de la sage-femme, les encouragements des voisines et les efforts de Charles pour faire bonne figure, en s'écriant : « Une fille, une jolie petite fille », comme si c'était la première, il est probable que, derrière sa moue butée, elle se soit dit, Françoise : « Ça suffit comme ça, les filles... »

Plus d'une fois après 1908, elle dut se tourner vers le mur, obstinée, faisant peut-être mine de dormir, si peu avenante que son Charles ne s'y risqua pas. De toute façon, il craignait les humeurs de sa femme, le pauvre : « Tu n'es qu'une lavette, lui disait-elle, quand il rentrait le soir, l'œil vague et la besace vide, tu te laisses mener par le bout du nez, ah, si je n'étais pas là... » et il devait bien vite ronfler dans sa moustache, Charles-Benoît Perrin.

Bientôt la guerre se pointerait et l'on ne demanderait pas à Charles s'il était énergique ou pas. Il le serait suffisamment en tout cas pour faire un soldat. Pour Françoise, il ne serait plus question d'un homme dans son lit ni de faire des enfants, heureusement.

Dans la chambre, les quatre filles dorment dans deux grands lits, bien à l'abri sous l'édredon rouge. Les matins d'hiver sont frileux, on s'habille en vitesse, à peine allume-t-on la bougie, il faut économiser. Une chemise qui gratte, une deuxième chemise, une culotte, un poème de culotte rapiécée, ma pauvre, tu n'imagines pas, un jupon de coton, un deuxième jupon en pilou l'hiver, la robe à manches, quand robe il y a, le tablier de satinette noire. On noue la ceinture du tablier, on se coiffe si on peut dire, on rabat plutôt les cheveux fous de la nuit, crois-tu qu'on refait la tresse tous les matins, ah, ces cheveux, quel cauchemar ! Ils étaient très longs. On ne les coupait jamais. On les lavait rarement. Quand elle y pensait, la mère nous tombait dessus le dimanche. Les démêler était un martyr, le plus souvent on n'y faisait rien. Une natte dans le dos et vas-y.

La mère disait : « Le pétrole fait courir les poux », alors, quand la tête nous démangeait trop, on avait droit au pétrole.

La toilette ? Mais on ne se lavait pas ! A peine le bout du nez, les mains. Le « reste » ? Ma pauvre, le reste on n'en parlait pas. « Y a que les putains qui se lavent le cul », disait la mère… On se le tenait pour dit. Il faut croire que ça ne nous a pas trop gênées, ou alors ça tenait chaud ! La coquetterie nous prendrait plus tard, quand on commencerait à regarder sa figure dans les mares ou à se demander pourquoi les garçons ricanaient à la sortie de la messe. On s'est mises à se pomponner pour aller danser le dimanche, à la « vogue », toujours en cachette, un peu de poudre de riz, la rareté, ou du « bleu corbeau » pour les yeux. Sinon, Françoise aurait hurlé, nous traitant de gourgandines ou de filles de l'air…

Dans la cuisine, la mère fait du feu. On enfile nos bas de laine, nos chaussons ravaudés et on se dit bonjour, quand elle est bien lunée car, certains matins, « ça chauffe ». On ne s'embrasse pas, on ne s'embrasse jamais. Si on y pense, on se débarbouille tout de même le museau au-dessus de la cuvette et puis on avale son déjeuner, un morceau de pain, du lait quand on n'a pas tout vendu, mais on le laisse plutôt à la petite, ou un bol de soupe. Le café, c'est les dimanches, du café au lait servi dans une soupière, la mère le distribue à la louche, chacun y trempe son pain.

Le béret bien enfoncé sur le front, la pèlerine, les sabots devant la porte, le sac de toile en guise de cartable et en route. Un kilomètre et demi jusqu'à Cormoranche, quatre fois par jour, soit six kilomètres, ce n'est pas terrible. Par tous les temps. On retrouve les autres enfants du hameau, sabots, pèlerines, bérets, tous pareils, on se pince, on se bouscule, on rigole. On fait route ensemble.

Aujourd'hui, le hameau d'Arciat et le village de Cormoranche sont reliés par une bonne route goudronnée. En

1910, c'était un chemin de terre des plus ordinaires où circulaient chevaux et vaches traînant carrioles, et beaucoup de sabots transportant des troupes d'enfants rieurs. Ils auraient pu chanter *Sur la route de Louviers...* car il y avait un cantonnier avec des lunettes, armé d'une sorte de marteau au bout d'un long manche, un homme spécialement dévolu aux cailloux, qui tapait sur les gros pour en faire des petits. Les enfants pouvaient reconnaître un cantonnier d'un autre rien qu'à la forme du tas qu'il avait laissé au bord de la route. Hortense se souvient que le père Genard construisait de jolis tas bien réguliers en forme de pyramide.

Le centre du village a gardé sa figure d'alors : le bassin circulaire et son jet d'eau malingre, l'église propre et grise, les trois cafés. Les maisons ont été repeintes ou ravalées, sur la place c'est tout ce qui a changé, avec le sol bien entendu. Autrefois sol de terre, il se creusait de flaques et d'ornières, ondulait de boue où s'imprimaient les sabots des vaches, les roues des charrettes, et s'envolait en poussière quand l'été cognait dur. A présent, l'asphalte uni lèche les murs de l'église, le pied du bassin, comme si on l'avait étalé pour l'éternité avec un gros pinceau plat qui aurait bouché les trous et tracé au milieu, bien nets, les pointillés de signalisation.Ces villages d'asphalte, ces cours goudronnées, ces gravillons roses, ces jardinières de ciment que les plus beaux débordements de fleurs ne feront pas oublier... Je ne m'y fais pas plus qu'à ces cuisines de ferme ravagées par le formica et le blanc des ustensiles ménagers... On a droit au confort, le pittoresque, tu sais... Oui. On aurait pu faire mieux, mais « chacun est libre ». L'Ain est un département qui s'adonne activement aux concours entre villages : le plus propre, le plus fleuri... Et c'est propre, et c'est fleuri : pétunias, bégonias, verdure en tout genre, rosiers à foison, que veux-tu de plus ?

Quand elle vient d'Arciat sur son vélo, la Juliette d'aujourd'hui tourne à droite pour entrer dans le village et passe devant la mairie flanquée de ses deux morceaux d'école, avant d'arriver sur la place. Se dit-elle : « C'est là que j'ai appris à lire » ? Non. Elle pense : je vais garer mon vélo contre le mur et acheter le pain de la semaine. La nostalgie vient des lieux que l'on a quittés. Juliette est revenue chez elle il y a douze ans, elle avait soixante-six ans. Elle vit dans son hameau, dans sa maison, et l'horloge qui sonne les heures les sonnait déjà pour sa mère. Les mêmes heures, pourtant Juliette sait que ses heures à elle filent plus doux que jamais n'ont filé celles de sa mère.

En route, elle croise des gens qu'elle connaît par leur nom, dont elle a connu les parents et les grands-parents, on se dit bonjour, un brin de causette, et puis on s'en retourne. Juliette n'est pas dépaysée, elle ne l'a jamais été. Elle est de ces gens nés comme les arbres, les pieds plantés dans leur terre, qui portent au cœur leur pays tout entier, où qu'ils se rendent, où que le vent les pousse. De son lieu et de son temps, Juliette est « payse ». Tandis qu'elle descend de son vélo en sautillant et regarde à droite et à gauche, il faut être prudente, une voiture a tôt fait de vous ramasser, Juliette ne regrette qu'une chose, c'est de ne pas avoir passé son permis de conduire quand elle était jeune. Cela ne se faisait pas. Il y eut la guerre puis l'après-guerre, et du temps passa avant que l'on sache ce qu'était une voiture à soi dans la famille. Puis ce fut trop tard. Dommage. Les commerçants se font rares au village. Les gens ont tous des voitures, ils vont à Grièges, à Mâcon comme rien. « Ah, je me vois bien dans une belle petite voiture, maintenant que j'aurais les sous pour me l'acheter... »

École de garçons d'un côté, école de filles de l'autre, les caractères sont à peine effacés sur les deux bâtiments qui encadrent la mairie. Si j'essaye aujourd'hui d'imaginer deux meutes d'enfants s'élançant de chaque porche sur la place, surgissent des images en gris, en sépia, un peu floues, qui ressemblent aux cartes postales du début du siècle où l'on n'avait pas l'idée, comme maintenant, de supprimer toute vie humaine pour ne garder d'un lieu que son décor. Cartes postales devenues, dans les greniers ou les armoires, de mates grisailles, mais sur lesquelles on distingue ces figures, frêles témoins d'une vie quotidienne disparue : épicier moustachu planté devant sa boutique, femme au chignon avec sa pèlerine et son panier, jeune homme avec guêtres et béret, tenant fièrement le guidon de sa bicyclette...

Midi a sonné ou bien quatre heures. Se bousculant, claquant sabots, les meutes se déversent sur la place. Aux cris poussés, à l'aigu des voix mêlées, on pourrait croire que les filles couinent parce que les garçons leur tapent dessus ou leur tirent les cheveux. Ce n'est pas cela. De l'autre côté de la place se trouve l'école libre et, aux sorties, éclatent des pugilats entre religieux et laïques. On s'empoigne, on se dit des sottises en se faisant des croche-pieds, on se lance n'importe quoi à la figure. Ce n'est pas une guerre de religion, plutôt une lutte de classes : chez les Sœurs, on paye pour une meilleure éducation, tandis qu'à la communale on envoie ses rejetons parce qu'on ne peut faire autrement. L'argent, c'est toute la différence. Chez les Sœurs, les tabliers, les sabots sont les mêmes, peut-être a-t-on de moins méchants cartables, en cuir bouilli plutôt qu'en vieille toile, mais les parents sont propriétaires ou commerçants. La marmaille est au courant : on peut payer, alors on insulte le laïque, le minable. Pour le reste, on se le partage : la pluie, le soleil, les poux dans la tête et même les prières, parce qu'on se retrouve tous à la messe et à vêpres, regards noirs, langues de vipère, coups de pied sous les prie-Dieu, chantant tous en chœur sous nos chapeaux du dimanche.

A midi on rentrait à la maison. Quand on entendait le « bateau parisien » corner sur la Saône, rappelle-toi qu'on se dépêchait... Tous les jours à midi et demi, ce beau bateau à grandes roues avec des pales, qui transportait les voyageurs de Châlons à Lyon, s'arrêtait au port d'Arciat et poussait son cri. On courait, on courait, c'était le signal. On avait traîné en route et la mère attendait, son torchon à la main, pour le faire siffler sur les mollets...

Les jours de catéchisme, deux fois la semaine à onze heures, les filles emportaient leur casse-croûte, un morceau de pain, un petit flan de courge. Parfois, elles achetaient trois ou quatre rondelles de saucisson chez la mère Jaquet et s'en régalaient près du poële, dans la classe.

C'est la Marthe Condemine, une délurée, qui a commencé : « Cinq et trois font huit, cinq et trois font huit. » Ce jour-là, sur le chemin du retour à midi, la bande de gamines d'Arciat marche en se serrant, en pouffant derrière l'Adèle, une des boiteuses du village. Adèle ne se retourne pas. Elle a l'habitude de ce chœur de galapiats qui dégoisent sur ses talons, de cette méchante comptine, « cinq et trois font huit », qu'elle entend depuis toujours et qui ne cessera qu'avec le dernier pas dans la tombe, sa canne par-dessus. Parfois, elle s'arrêtait, les surprenait et, faisant des moulinets avec son bâton, réussissait à en choper un. Mais aujourd'hui, non, « cinq et trois font huit », elle continue de claudiquer sur les cailloux comme si de rien n'était. Bien sûr, Juliette y va aussi de sa ritournelle, « cinq et trois font huit », comme les autres... Mais l'après-midi, quand elle entre dans la classe, la maîtresse te l'attrape par sa natte et la tire jusqu'au coin, sans donner d'explication. Elle ne pleure pas, ce n'est pas son genre, mais elle se démène et braille : « Qu'est-ce que j'ai fait ? » jusqu'à ce que l'institutrice vienne lui chantonner à l'oreille « cinq et trois font huit ». Son sang ne fait qu'un tour. « Ah ça ! Ce n'est pas moi qui… — C'est elle, madame… — Non, c'est toi… », un vrai débat, tout le monde s'en mêle, la solidarité change de camp et, montrée du doigt, la Marthe avoue, la dénonceuse, que « c'est moi madame qui ai… » cinq et trois font huit, pauvre Adèle, ça recommencera demain.

Au moins, Juliette apprit à l'école qu'il ne faut pas se moquer des infirmes et surtout ne pas se laisser punir sans savoir pourquoi.

L'impertinence du cinq et trois font huit était très répandue dans le canton. Y avait-il davantage d'estropiés au début du siècle ? Quand on était tordu, on le restait, on ne te soignait pas, on te donnait un bâton et puis c'est bon… Ils étaient toute une bande de gosses au hameau qui faisaient des farces ensemble et s'amusaient bien. Une autre victime, la Victorine, clopinait dur et balançait ses jupes à droite, à gauche, montait, descendait sur ses sabots. Alors eux, les gosses, cinq et trois font huit, ils la voyaient de loin, s'enfilaient tous dans la petite gaine entre deux maisons près de chez Morize et entonnaient la chanson. Le jeu consistait à s'enfuir juste avant que ma Torine arrive jusque-là. Cinq et trois font huit, sauve qui peut… Hortense était la dernière au fond de la gaine, celle qui courait le moins vite, attends, que je t'attrape, elle a pris le bâton de la Torine sur le crâne !

Toute une bande de gosses à Arciat, toutes les maisons du hameau en étaient pleines, on les voyait sortir de partout, de toutes les venelles, pour aller à l'école, pour aller aux champs, aux vaches. Ils travaillaient dur les gosses, aidaient les parents, mais dans ce temps-là, vois-tu, je n'ai pas le souvenir qu'on ait eu l'envie d'être triste, on n'avait rien et on s'amusait d'un rien… Échasses ou cerceaux, on fabriquait nous-mêmes nos jouets. Entre nous, toujours une bêtise à faire, un éclat de rire à étouffer, la pêche à la grenouille avec un chiffon rouge, la barque à marauder pour un tour clandestin sur la Saône ou entre les roseaux, sur les étangs qui entourent le hameau, les Genettes, la Mouille, les Brouillards, et les cerises au printemps et retirer ses bas, relever ses jupes et patauger au bord des trous d'eau, là où la boue est tiède et vous passe entre les doigts de pied...

Le hameau vivait et piaillait de tous ces gosses-là. Des familles entières, dans toutes les maisons, pas comme à présent, où les seuls enfants que l'on voit gambader par là sortent des automobiles les dimanches ou les jours de vacances. Plus d'enfants, plus d'animaux. La dernière chèvre est morte il y a trois ans et, pour avoir un fromage frais, il faut courir à des kilomètres...

Les familles du hameau ressemblaient à la famille Perrin. Plus ou moins, la prospérité se mesurait aux vaches, aux champs qu'on louait. Il y avait plus pauvre que nous, plus misérable. Tiens, ceux-là, au bout du jardin ! Pour vivre, la femme prenait des gosses en nourrice, ça venait de Lyon, il fallait voir dans quel taudis rampaient les pauvres petits. Le bonhomme crachait à côté du fourneau, les gamines pleines de poux, douze mois sur douze, affreux ! On les connaît encore, les filles de ces gens-là, mais elles ne nous connaissent plus, ce sont des dames, tu penses, des dames sans poux, des dames en robe et en automobile qui nous dédaigneraient presque, nous les vieilles filles retraitées, les domestiques !

Le jour de la photo de classe avec les petites filles alignées, sérieuses, et la maîtresse, placide sous son auréole, Juliette au moins n'a pas manqué. S'il n'y avait eu

2

que Françoise, l'école, on n'y serait pas allé souvent. L'institutrice essayait bien d'expliquer aux parents, quand elle pouvait les coincer, l'importance de l'instruction, enfin voyons, le monde évoluait, mais ces bouseux ne voyaient pas plus loin que leur clôture, elle se heurtait à des têtes de bois.

Juliette apprit à lire, à écrire, avec des fautes mais tant pis, un peu à compter, juste ce qu'il fallait. On ne pouvait guère faire mieux en fréquentant l'école six mois par an, et encore six mois pleins de trous : si la mère avait besoin d'aide, on restait à la maison, un point c'est tout. « Vous en savez bien assez », disait Françoise, et, de l'autre côté, l'institutrice ronchonnait en haussant les épaules : « Z'êtes rien bonnes qu'à la queue de vos vaches ! »

« On ne savait rien ou pas grand-chose, dit Juliette, mais finalement on ne s'est pas trop mal débrouillées. » Elle n'en veut pas à sa mère. A l'époque, avait-on besoin de plus pour courir les champs, traire la vache ou trouver un mari et, sinon, torcher les gosses des autres ou faire les lessives chez plus riche que soi ?

Les livres, d'abord, ça servait à quoi, je vous le demande, lire était perte de temps. « Ça ne rapportait rien. » Juliette et Hortense auraient bien aimé posséder quelques livres, certaines en avaient, ou des petits journaux, des *Semaine de Suzette,* des volumes de la « Bibliothèque rose », Hortense se souvient de *la Fleur mauve,* une histoire d'amour, elle l'avait lue en cachette. On les leur prêtait, elles ne s'en vantaient pas. *Sans famille,* par exemple, c'était beau ça, eh bien, savez-vous où finit *Sans famille,* le jour où Françoise mit la patte dessus ? Aux cabinets ! Voilà à quoi devaient servir les livres, n'étaient-ils pas faits de papier, après tout ?

Une seule chose comptait, la seule vraiment essentielle qu'une mère aussi bonne que la mère Françoise Perrin née Perrault voulait apprendre à ses filles, c'est que, pour vivre, tu dois manger et que, pour manger, tu dois gagner ta vie, et ce n'est pas dans les livres... « Avec ma mère, ça n'allait pas plus loin », conclut Juliette.

Plus loin.

Plus loin que la remise où sèche le bois, au bout du jardin, plus loin que le chemin, le petit pont qui enjambe la Mouille où l'on entend les poissons-chats faire des bulles.

Plus loin que les peupliers du bord de l'étang, que les vaches dans les prés, que les canards dans les roseaux et les grenouilles,

Plus loin que les Croisettes, que la Snasse, que la Serve de la Morenne, plus loin que chez Prolonge et que les chèvres de la mère Goncaille,

Plus loin que les groseilliers, que la rhubarbe frisée, plus loin que la courge et la soupe au chou,

Plus loin que les murs jaunes de pisé, plus loin que les venelles où l'on passe de ferme à ferme quand la Saône nous a encerclés,

Plus loin que les brumes qui nous prennent dans leurs filets, plus loin que nos sabots, que les cailloux,

Plus loin que la pluie, le ciel et les étourneaux,

Plus loin, ce n'était pas pour nous...

A la communale, elles ont appris à coudre. Jusqu'à la fin de la guerre, l'« Œuvre du trousseau » éclaira de son enseignement bénévole les semaines des petites paysannes en les initiant à l'amour du beau linge. Tous les mercredis, c'était la fête : les dames de l'Œuvre apportaient des tissus, coupaient des pièces devant les enfants ravies, puis les distribuaient. Ces charmantes Dames enseignaient à leurs élèves, qui tiraient la langue et poussaient de grands soupirs, l'art du surjet, de la couture rabattue, des reprises et des jours. Que c'était beau, les jours !

L'Œuvre aidait les filles à commencer leur trousseau. S'y prendre tôt n'était pas malvenu quand un trousseau normal comprenait soixante-quinze pièces sans compter les draps. Torchons, mouchoirs, serviettes nid d'abeilles, chemises dites « à la vierge », ouvertes devant, des pointes descendant sur les côtés, et les fameuses culottes, vastes et flottantes, culottes que Françoise n'appela jamais qu' « agotiaux » — pourquoi « agotiau », mot qui désigne l'écope dont on se sert pour vider l'eau des barques ? « Sans doute, dit Juliette en riant, parce qu'elles ramassaient la goutte ! »

A la fin de la guerre, plus d'Œuvre du trousseau. Hortense se souvient que, dans sa classe, une seule fille réussit à finir son trousseau avant la fin des hostilités. Les sœurs Perrin finiraient le leur beaucoup plus tard, sans se presser, vers leur vingtième année. C'est la mère qui achèterait le tissu et les draps, de la grosse toile bise à vous arracher la peau, il fallait que ça dure. Elle y tenait, Françoise, car une fille sans trousseau, c'est comme un homme sans moustache, il manque quelque chose...

La fin de la scolarité sonna à douze ans. Hortense et Louise, les aînées, gagnaient quelques sous en gardant des enfants, avant d'être lancées dans des travaux plus fatigants, des lessives, vers quatorze ans. Juliette resta à la maison, pour les vaches et la petite sœur. Françoise commençait à souffler, les filles se débrouillaient, elle put accepter davantage de tâches journalières...

La lessive, c'était une drôle d'affaire. Chez les riches, il y en avait une ou deux par an. Chez les autres, ça dépendait du nombre de draps, de torchons, de chemises. Le cérémonial restait le même.

Au milieu de la buanderie ou dans un coin de la grange, trônait le grand cuvier, sorte de haut et vaste baquet de bois cerclé comme un tonneau et muni d'un trou en bas de la paroi. On tapissait le fond de tuiles ou d'os de cochon. Par-dessus, une grosse toile de chanvre faisait filtre. Tu installais le linge sale, tout le blanc de ton trousseau de trois, six ou douze mois, avec en haut un drap étalé bien à plat. Près de là, sur un foyer, une grande marmite d'eau chauffait. Quand l'eau était chaude mais pas bouillante, on la puisait avec le « couloir », une espèce de seau au bout d'un long manche, et, à plusieurs, autour du baquet, on « coulait » l'eau sur l'épaisseur du linge, régulièrement, ni trop vite ni trop lentement, l'eau devait passer à travers, ruisseler jusqu'au fond. Alors, tu retirais le bouchon et, par le trou, sortait l'eau de coulage que l'on récupérait dans un autre baquet. Quand toute l'eau était ressortie, on la remettait à chauffer.

Sur le linge qui fumait un peu et commençait à sentir fort, on étalait une autre toile de chanvre que l'on recouvrait d'une couche de bonne cendre fine. Quand notre eau était presque bouillante, on la reprenait au couloir et on arrosait notre linge qui peu à peu s'attendrissait sous la cendre. Plusieurs fois nous repuisions l'eau, la réchauffions, la recoulions. Et cela devenait une belle eau grise et trouble, douce et fumante, qui embaumait l'air.

Cela durait des heures, à transpirer, à respirer la vapeur humide. On s'arrêtait pour casser la graine, on remettait ça. Le secret du beau linge était dans la durée du coulage, dans la qualité de l'eau cendrée. Il fallait « savoir faire ». Et puis, quand on jugeait le moment venu, on sortait le linge ramolli et chaud, on le plaçait dans des baquets sur des brouettes et on partait le laver à la Saône, en choisissant des trous bien propres, où l'eau était limpide, pas des mares, tu penses.

A genoux dans la terre, penchées sur nos planches, nous savonnions, oh, pas longtemps, la saleté partait toute seule.

Il y a des femmes qui ne savaient pas faire, l'eau, ayant trop bouilli, « brûlait la crasse ». Elles ne pouvaient plus l'arracher de l'étoffe. On reconnaissait plus tard les draps gris séchant à côté des blancs... Mais, quand tu savais t'y prendre, malheur ! Ton linge éclatait de blancheur et ne s'usait pas !

On attendait les beaux jours pour les lessives, on faisait ça en même temps, tout le hameau, pour être ensemble à travailler, à rire. On tendait de grandes cordes entre les peupliers et c'était joli de voir tout ce linge blanc battre au vent, au soleil, reliant les arbres sur des centaines de mètres. S'il n'y avait plus de place sur les cordes, on étalait les chemises, les mouchoirs à même les buissons, comme les bohémiens...

Pour la première fois — nous sommes en 1983 —, je vais voir Juliette en hiver. Février, un jour de grisaille. Lente mais parcourue de courants puissants quand elle s'épanche et visite les gens chez eux, la Saône sournoise rejoue depuis deux jours à inonder champs et sentiers.

Pour la première fois, je vois le pays dans ses habits d'eau, de brume et de vent. Je suis éblouie de tant de mélancolie grise, roseaux ondulants, arbres qui semblent, les pieds dans l'eau, étendre les bras pour garder leur équilibre.

Je ne peux arriver en voiture par le chemin habituel qui descend à gauche juste après le pont d'Arciat, il est en partie noyé, une eau étale recouvrant jusqu'à la première maison du hameau le grand champ qui frissonne sous les ailes de centaines de mouettes. Je continue la route en direction de Cormoranche pour couper à travers le bois et atteindre le hameau par l'autre côté.

L'air sent la vase, le vent est doucement mouillé. Juliette vient à ma rencontre à travers le petit jardin, son bonnet de laine sur la tête, visage frais, éternellement sans ride. « Te ftia don ! » Au bord du carré de gazon, une touffe de pervenches se croit au printemps. Avant d'entrer dans la cuisine chaude et sombre, je me retourne vers le paysage aquatique où se succèdent, reliés par le lien miroitant, les grands peupliers, le champ en contrebas que borde « la

Mouille », sorte de marécage, repaire de roseaux et de canards, puis la haie, un autre champ, le chemin de halage, la Saône immense. De l'autre côté, entre la rivière et les rondeurs du Mâconnais, à environ un kilomètre de la maison rose, dérangeant le calme nostalgique d'un jour d'hiver, l'autoroute du Sud, ruban mouvant à travers les branches, répercute sur l'eau l'écho de son incessant ronron.

— Dommage qu'il y ait ça, dis-je.

— Oh ma foi, dit Juliette en serrant sa pèlerine, on s'y est faites. Et puis ça finit par nous tenir compagnie.

— C'est beau ce paysage noyé...

— C'est que tu n'as pas l'habitude (déjà elle ouvre la porte), nous, on l'a assez vu !

Un peu plus tard, installées autour de la table sous la lampe, nous parlons de l'école, des saisons d'autrefois. Dans le hameau déserté, animé des seuls vrombissements des voitures au loin, j'essaye d'entendre les cris des enfants jouant dans les cours, partant pour l'école. Par la fenêtre, je vois l'eau miroiter à la lisière du chemin.

— Quand la Saône était haute, comment alliez-vous à l'école ?

— On nous emmenait en bateau, ma belle.

— Chacun avait une barque ?

— Oh que non ! Un homme emmenait tous les gosses du quartier sur son bateau.

— Vous aimiez ça, quand il y avait la Saône ?

Juliette et Hortense se regardent, rient d'un petit rire qui dit : « Tu n'y es pas, ma pauvre ! »

— Qu'on aime ou qu'on n'aime pas, tu sais, on n'avait pas le choix, on allait en bateau...

Poésie d'un paysage noyé, amusements d'enfants émerveillés... Non. Le bateau, ce n'était pas la fête, c'était la vie de tous les hivers pour les enfants du bord de Saône.

Quand j'étais petite et que la vie allait de travers, combien de fois Juliette l'a remise dans le bon sens avec cette simple phrase : « C'est comme ça et pas autrement. »

Les Perrin, les Hyvernat, les Prolonge avec deux ménages, Mme Goncaille, les Villot, les Morize et puis les Terraillon, cela fait, si l'on compte, huit cheminées qui fument dans le hameau l'hiver, huit maisons habitées...

On ne peut pas toujours pleurer sur autrefois, autrefois tant pis, que veux-tu ! On a vieilli, tout a changé, c'est la vie, c'est dommage pour les fermes qui vivaient, pour les enfants qui piaillaient, pour les fêtes, les récoltes, les rires, pour tous les poissons que l'on tirait de la Saône..., mais à quoi bon se lamenter sur le temps, on l'a, on l'a plus, on le perd, il nous rattrape, tu sais, un jour ou l'autre. On vit ! Même si on ne mange plus de friture ! Toi, petite fille, tu as encore connu ça, les pêcheurs avec leurs barques, qui revenaient sur le chemin de Saône en traînant leurs lourdes bottes de caoutchouc...

Ce joli chemin tout droit qui surplombe les champs, ils l'ont goudronné, ce n'est pas mal le goudron, c'est propre, mais le scandale, c'est qu'ils n'envoient même plus un cantonnier pour élaguer les buissons en folie, ça pousse dans tous les sens, les épines envahissent tout, tu te rends compte, l'été, depuis la grille, on ne voit plus la Saône et ses reflets, tu te souviens, entre les feuilles des peupliers... Au village, que crois-tu qu'ils pensent ? C'est un hameau de vieux et les vieux, ils la voient bien assez, leur Saône, quand elle vient leur mouiller les orteils. Ne plus s'occuper du paysage, ça, ce n'est pas bien.

D'un côté, les deux maisons Hyvernat regardant la Saône, séparées par un mur de pisé ; dans la première, il y avait encore le grand-père dans les années cinquante. On le voyait traverser la cour, ses sabots râclant la terre, la ceinture de flanelle bien serrée sur un pantalon à rayures grises, de temps en temps il s'arrêtait pour cracher. J'aimais bien lui dire bonjour par-dessus la clôture quand il soignait ses roses. Dans la deuxième maison, protégée elle aussi par un large auvent de tuiles, vivait Joseph, le pêcheur souriant, avec sa famille. La Clodette était de mon âge et nous jouions ensemble pendant les grandes vacances. Nous restions des heures sous la remise, au bord de la longue table qui dégoulinait, à les regarder préparer les poissons : arcs-en-ciel d'écailles volant partout, sautant dans les cheveux et faisant briller de lueurs de mica la terre battue de la cour. Au soleil, à distance respectueuse, les chats du voisinage attendaient patiemment ce qui leur revenait : entrailles, poissons estropiés ou petites perches égarées dans les filets. Ma sœur Anne, que déjà effrayaient les grenouilles, faillit s'évanouir de terreur lorsqu'elle vit les femmes trancher en deux les bêtes humides, puis chaque morceau muni de deux pattes s'enfuir en courant chacun son chemin…

La pêche, c'est fini. On ne va plus manger la friture chez Orgeret, de l'autre côté de la maison Perrin. C'était une jolie ferme en U, sale et charmante avec son crépi orangé. Sous les platanes de la cour, deux tables et quatre bancs accueillaient les visiteurs, pêcheurs, habitués ou même gens de passage. La petite friture et le vin blanc, un mâcon aigrelet, étaient servis par les deux filles, une grande rousse au buste plat et la petite boiteuse qui avait des cils d'albinos, un teint de farine et un tablier à fleurs.

Le fumier ne coule plus jusqu'au milieu de la cour, les chèvres ne viennent plus vous manger les feuilles de platane sous le nez en lâchant leur chapelet marron sur les souliers. On est mort chez Orgeret, on a repeint, modernisé, embelli. La ferme a été rachetée par une communauté religieuse pour la retraite de ses vieux Pères. A croire que l'on meurt jeune chez ces braves gens, car la « maison des curés » est le plus souvent vide et Juliette regrette l'animation des anciens jours.

Il fut un temps, avant la Grande Guerre, où il y avait un autre café au hameau, chez Peroges, juste avant la Snasse. Les Peroges avaient une fille, Marie, qui menait les petits à l'école : cette Marie-là mourut et les petits suivirent l'enterrement. Elle la revoit encore, Hortense, pourtant elle n'avait que quatre ans — et peut-être bien que c'est l'année où l'on construisit le pont d'Arciat — descendre le petit pré en lançant aux gosses des dragées au chocolat. C'était pour le baptême de la Juliette. Dans les bras de la sage-femme, la petite fille disparaissait sous les ruchés blancs ; cette robe, on la leur avait prêtée.

Les Bouricet, la cousine Nini, la Rose et les Curés, les Berg, les Marvallier et les Bonnet, cela fait sept maisons de plus et, avec les huit premières, en tout quinze foyers dans le hameau quand il est plein, encore que cela n'arrive que quelques semaines par an, et tous ces gens, à part deux ménages, sont des retraités. Le hameau abrite leurs vieux jours, il ne vit plus vraiment. Quand vient la belle saison, les Lyonnais font un peu de remue-ménage, les voitures s'arrêtent devant la grille, on vous demande où sont les « lacs », on a des bateaux sur le toit, des planches à voile ou des cannes à pêche. Les « lacs » sont les grands trous tout neufs qu'ils ont creusés au moment des travaux du TGV, à un kilomètre d'Arciat, au-delà des champs et des peupleraies. L'hiver, la Saône inonde ces étendues et remplit les trous de poissons. La municipalité voudrait racheter les lacs et faire des aménagements, mais les terrains sont hors de prix. Cela n'empêche pas les Lyonnais d'y aller pêcher, se baigner et aussi se noyer...

Et puis il y a la télé. Comment pourrait-on s'en passer

quand des nuits mouillées vous enveloppent dès cinq heures de l'après-midi et que, d'une maison à l'autre, à peine on se voit le bout du nez, et encore, maintenant, on se téléphone. On ne se fréquente plus, on ne vit plus ensemble. L'hiver, parfois, pour une partie de Nain jaune, la cousine Titine vient des Croisettes sur son vélo, on fait le café, on mange la brioche, sinon...

Nous, le soir, on veillait. On se retrouvait dans les écuries, chez l'un, chez l'autre, chacun son tour. On partait en famille avec sa lampe tempête et son ouvrage pour s'installer au chaud dans la paille. L'une raccommodait, l'autre tricotait ou cousait les ourlets du trousseau, et puis on riait, les plus dégourdis racontaient des histoires, on s'amusait, on disait des bêtises, on faisait des farces. Hortense rit encore en se rappelant comment le Nicolas Morel, les enfants lui étaient tombés dessus pour le « bucler » comme un cochon. Quand on tue un cochon, pour enlever les soies, tu le recouvres de paille et tu brûles, tu laves, tu grattes bien. Alors on l'avait couvert de paille, le bonhomme, il poussait des cris de porc et nous on dansait autour !

Non seulement les veillées. Toutes les occasions étaient bonnes, pour les vendanges ou pour les foins on se retrouvait, on s'aidait beaucoup entre voisins. Chez l'un, chez l'autre, celui qui ne pouvait pas y arriver tout seul, les voisins lui donnaient la main. A midi, les enfants portaient à manger aux travailleurs. On avait fait sauter un poulet le matin, frire des beignets ou cuire des flans de courge. Ou bien aussi des « gaudes », cette bouillie de maïs qu'on faisait griller comme des galettes et qu'on aimait tant, gamines, trempées dans du lait. Des pains dans une corbeille, du vin, de la grosse saucisse toute ronde et juteuse que l'on coupait en tranches, on charriait tout ça à la vigne ou au champ. Que c'était drôle et bon de manger dehors, tous ensemble !

La Saint-Jean, on la fêtait là, devant chez Hyvernat. On ramassait du bois, on mettait le feu, on tournait autour en chantant *La boulangère a trois écus*. Certains amenaient des gaufres, d'autres des crêpes... Tu vois, dit Juliette sans nostalgie, on en bavait, on trimait comme des bêtes, mais aussi on s'amusait. Sinon, on serait morts ! On avait beau être pauvres comme Job, on mangeait, on buvait et on faisait la fête ! Et pour le carnaval ! On se déguisait avec ce qu'on avait, de vieilles panosses, les femmes gonées en hommes, la figure frottée au bouchon noir, ah, on était chouettes !

La voilà partie... et, tandis qu'elle tourne autour de la table de la cuisine en esquissant un pas de danse du bout de sa pantoufle, je peux la voir, la petite Julie, farandoler, les joues rouges et jupons volent, dans la nuit de la Saint-Jean...

Se souvient-elle du dernier feu de la Saint-Jean ? La nuit était-elle douce et entêtant le parfum marécageux de la Saône, mêlé à celui plus acide de l'herbe coupée ? Les gaufres craquaient-elles sous la dent, avez-vous chanté et dansé jusqu'au lever du jour ?

Pouvait-on avoir la moindre idée, au mois de juin 1914, de la tourmente qui se préparait ? Comment imaginer, tandis que l'on chantait *La boulangère a trois écus* dans une nuit reculée de l'Ain, qu'au bout du même été la guerre allait bouleverser le quotidien des plus lointaines campagnes et semer plus tard des monuments aux croisées de tant de chemins ?

Ce jour d'août 1914, Juliette a neuf ans. Coiffée de son chapeau de paille, deux rubans noués sous le menton, sa tresse blonde lui battant la taille, elle est partie de bon matin avec d'autres enfants du hameau rejoindre les hommes et les femmes dans les champs. Deux par deux, en riant, ils balançaient les panières couvertes de torchons, renfermant le déjeuner des travailleurs. Et puis, dans l'ombre étroite des saules, ils avaient bu et mangé ensemble avant de se remettre à l'ouvrage.

La nouvelle est arrivée en plein cœur de l'après-midi. Quand on entendit le tocsin au loin, on s'est d'abord relevé, les mains tenant les reins, on a posé la fourche ou le rateau, calmé le cheval qui s'agitait ou mis l'avant-bras en visière pour suivre l'envol des étourneaux dérangés par le bruit.

On s'est regardés : c'était bien le tocsin, à Cormoranche. Ça s'est arrêté, on ne se disait rien, on ne bougeait pas et puis ça a repris de plus belle. « Cette fois, c'est quelque chose de grave », a dit l'un.

Alors ils se sont mis en mouvement, d'abord lentement puis avec précipitation soudain, la panique grimpant le long des mollets. Ils ont tout planté là pour courir vers le hameau, meute silencieuse, qui vissant le chapeau sur son front en sueur, qui ramassant ses jupes, le dernier tirant le cheval par la bride. En même temps qu'eux, en même temps que les autres qui sortaient des maisons en se bouchant les oreilles, il y en avait un, vêtu de noir et de poussière, qui arrivait hors d'haleine du village. « Le garde champêtre, le garde champêtre, haletait-il, il arrive. — Mais quoi, que se passe-t-il ? — C'est terrible, terrible, c'est la guerre. » Ils se sont regardés, le cœur dans les genoux. Une femme, d'une voix blanche, a demandé : « La guerre ? Pour nous aussi ? » Elle ne comprenait pas et se mit à crier. Le tocsin se tut. Digne et raide sur son vélo, le garde champêtre prit le virage de la Snasse, freina au milieu des gens qui s'écartaient, puis, sans se presser, alla poser sa bécane contre le mur chez Hyvernat. Un cercle silencieux se forma autour de lui. Il se racla la gorge, prenant son temps. « Avis à la population... », on connaissait la rengaine, mais, quand il déclama : « L'Allemagne vient de déclarer la guerre à la France... », on comprit que l'essoufflé n'avait pas raconté d'histoire. Le cercle se défit dans un murmure, chacun repartit, la tête basse, ramasser les outils aux champs. Il fallait d'abord que s'accomplisse l'après-midi...

Le soleil descend sur les collines du Mâconnais. Le ciel est orangé. La Saône file avec des reflets d'écailles derrière les peupliers. Du paysage rien n'a bougé, est-ce possible ?

Tout pourrait être comme hier, il serait l'heure d'aller traire les vaches...

Devant chez Orgeret, les femmes du hameau se sont rassemblées. Certaines ont regardé l'affiche apposée sur le mur, la liste des premiers partants. Parlant bas comme à l'église, elles pleurent dans leur tablier ou bien hochent la tête, bras repliés sur le ventre. Déjà, elles ont l'air en deuil. Les enfants tournent autour par grappes, cherchant à glaner un mot, une phrase, pour une fois qu'on ne les chasse pas à coups de taloches. Certains rient parce qu'ils ne savent pas quoi faire d'autre.

La guerre, c'est tout de suite. Demain à l'aube, les hommes s'en vont à Bourg, Perrin Charles-Benoît fait partie de la fournée. Le père demain s'en va-t-à Bourg et, de là, Dieu seul sait où. Chaque femme rameute ses ouailles, rentrez à la maison, c'est l'heure du dernier dîner en famille, venez les filles aider au baluchon, la soupe aura un goût amer.

La guerre ne fait pas de bruit dans cette campagne-ci, la guerre est loin, sourde menace qui guette. On s'enferme, on se replie, chacun chez soi, il n'y a plus ni fête ni rien.

La guerre, c'est l'absence des hommes, davantage de travail pour les femmes. Françoise a l'habitude. Les filles iront un peu moins à l'école, c'est tout, s'occuperont de la maison pendant qu'elle, la mère, mènera la charrue derrière les vaches, taillera les vignes, enfournera le pain. Toutes les trois semaines, de gros pains ronds qu'on emballe dans de vieux draps ; les premiers jours, comme il est bon, mais il sèche bientôt et c'est tout dur, tout moisi qu'on le mange jusqu'à la dernière miette. Chez les Perrin, on n'est pas plus pauvres qu'avant, on ne mange pas moins, les paysans ont leurs produits, ils sont plus gâtés qu'en ville.

La guerre, pour les enfants d'Arciat, c'est la mine tragique de la maîtresse au-dessus du col montant de sa robe marron. Elle donne des nouvelles du front tous les matins en épinglant sur la carte de France des petits drapeaux qu'elle déplace pour montrer l'avancée ou le recul de l'armée française.

On a peu de nouvelles du père, de temps en temps une carte avec quelques mots laborieux pour dire qu'il n'est pas mort. Un jour de 1915, on le ramène. Il est caporal mais il est aussi malade, une pleurésie. Quand il tient debout, on le rembarque. Il ne sera pas blessé, Charles-Benoît, il fera toute la guerre, il en reviendra, mais sa pleurésie ne l'oubliera pas. Lui qui n'en faisait déjà pas beaucoup ne sera plus bon à rien. Si Françoise ronchonna, dans les années vingt, contre les hommes au foyer tout juste bons à tirer le canard, à se mettre les pieds sous la table et à vous embêter, pour peu qu'ils aient des insomnies, elle ne le cria pas trop sur les toits. Tant de femmes n'avaient plus d'homme du tout.

Par deux, par trois, elles se parlent, chuchotent, s'énervent après les enfants : « Mais ne faites donc pas tant de bruit. » Un jour, elles ont la visite d'un gendarme et ne quittent plus leur robe noire.

On ne pensait pas que ce serait si long. La mère dit : « Ils auront notre peau », les femmes ont tout sur les bras. Quatre saisons, six, passe encore, mais on fatigue. Les hommes fauchaient, il faut faucher ou aller pleurer chez le châtelain pour qu'il prête sa faucheuse. Il la prête mais pas pour rien. Hortense et Louise iront sarcler les patates en échange. Toujours demander, mendier, pleurnicher et tout rendre en travail.

« A la sueur de ton front », tu apprends vraiment ce que cela veut dire quand, en pleine chaleur, tu passes après la faucheuse. Tu dois ramasser le blé à mains nues, le blé pique parce qu'il est blé, parce qu'il est paille aussi et chardons, brassées d'épines dont tu te protèges mal les bras avec des manchettes. Il faut savoir faire les liens, les fabriquer entre tes doigts, les tordre puis les nouer, prendre les gerbes contre toi, tu en as plein la figure, les cheveux, et les mettre en tas. Ce n'est pas tout. Avec la fourche, tu piques les gerbes qui pèsent le plomb, je peux te dire, et tu soulèves ça au-dessus de la tête pour le charger sur la carriole, ça t'arrache les épaules...

Une fois, on a vu passer le Zeppelin, traversant doucement le ciel en direction du nord, mystérieux engin parmi les nuages. On se le montrait, tout le monde courait dehors : « Regardez le Zeppelin », des enfants applaudissaient, des vieux hochaient la tête ; une femme s'est mise à vociférer : insultant cette grosse chose qui ne risquait pas de l'entendre, elle a vite refroidi l'enthousiasme. On se retrouvait tous là, à regarder la guerre passer dans le ciel, sans rien pouvoir faire...

Quelques avions s'égarèrent par chez nous, des biplans si légers, si fragiles. On a vu le premier juste avant la guerre, le jour de la fête à Cormoranche. Je m'en souviens parce qu'à plusieurs on s'était réunis à la maison en fin d'après-midi. Ma mère offrait le café et puis, quand elle l'a versé dans les tasses, c'était de l'eau, elle avait oublié la poudre ! On riait, on la moquait et, tout à coup, quelqu'un a crié : « Un aéroplane, un aéroplane ! » Nous avons couru dans les champs, faisant de grands moulinets avec les bras. Il est passé au-dessus de la Saône; nous n'avons pas bu le café ce jour-là.

A chaque fois, c'était l'événement. Un autre, en difficulté, zigzaguait et crachotait au-dessus de nos têtes, il a pu atterrir dans la petite prairie de Crèches, on a pris les barques pour traverser la Saône, on y est allés, on voulait voir le pilote et son appareil de près ! Il y eut aussi celui qui tomba dans le petit bois et prit feu, le pilote tout brûlé, on ne parlait que de ça...

Et le jour où l'Augustine Perrault était dans son champ, bien tranquille à sarcler ses vignes ! Elle entend un bruit dans le ciel, lève la tête et que voit-elle ? Un biplan qui lui fonce dessus ! La peur de sa vie ! Voilà ma Titine qui court dans tous les sens en hurlant et cet avion qui allait lui tomber dessus... Ça lui a sifflé au ras des oreilles puisqu'elle a entendu le pilote crier : « N'ayez pas peur ! » Facile à dire. Ma pauvre Augustine ! Il a quand même atterri dans ses vignes...

Non, la guerre, personne ne pensait qu'elle durerait tout ce temps. Comme femme de soldat, Françoise reçoit une allocation. Si peu que ce soit, c'est plus d'argent que Charles n'en a jamais rapporté à la maison. Pour quatre enfants, c'est intéressant et, si Françoise ne reçoit que pour deux, c'est que des voisins bien intentionnés sont allés la dénoncer : les deux aînées « travaillent », elles gardent les enfants du châtelain ou aident aux lessives. Tant pis, avec la pension de son homme caporal au front, Françoise, en trimant double et en se serrant la ceinture, a réussi à faire des économies. Après la guerre, elle achètera du terrain, finira de payer la maison et offrira au père, lui qui avait si grande envie d'un joli fusil, la plus belle des canardières.

Juliette fit sa première communion pendant la guerre. Cela tomba comme ça. Guerre ou pas guerre d'ailleurs, la communion solennelle était la fête ardemment attendue par les filles. A cause de la robe. Une robe merveilleusement blanche et amidonnée qui transformait la « pétronille » de la veille, toute crottée de sa campagne, en pure jeune fille resplendissante, en image sainte, en oiseau blanc. Jamais plus Juliette n'éprouverait l'émotion de ce matin-là, quand elle avait vu le costume immaculé étalé, pièce par pièce, sur le lit de ses père et mère. Rien, jamais, ne serait plus beau et c'était pour elle, aujourd'hui. On en tombait presque malade, ça te prenait comme un vertige après un tour de manège de foire. Les pantalons blancs, la chemise, deux épaisseurs de jupons bien repassés, bien jolis et la robe... On se tenait raide, on avait le cœur qui partait. Et puis le voile et la couronne de fleurs en tissu. Cette merveille, le lendemain, il fallait la rendre. La tradition voulait que les riches, pour une fois, prêtent aux pauvres. Avec une robe de communiante, ils ne risquaient qu'un accroc, et encore, ils se seraient arrangés pour le faire payer.

Entre la messe et les vêpres, avait lieu le repas de famille, c'était le seul luxe. Mais, pour les cadeaux, tu pouvais toujours courir ! Ça n'existait pas. La marraine offrait le missel ou le cierge, et voilà. Le soir, on s'endormait en rêvant de mariage...

Dans la boîte à photos où dorment pêle-mêle soixante-dix années d'existence, peu d'images de jeunesse. La photo à l'école, puis la première communiante. Pour l'événement, on avait fait l'effort, l'institutrice avait un appareil, la photo est légèrement floue. Mais on y reconnaît ce petit air posé, l'ébauche de fossettes et, dans le regard, une calme détermination. Lisse du front et de la joue, douceur peut-être mais, attention, ne pas lui marcher sur les pétales, à cette douceur-là, elle pique.

La première communion n'était pas l'étape ultime sur le chemin de la dévotion nécessaire. Quelles que soient les dispositions que l'on avait pour la sainteté, on ne plaisantait pas avec la religion. La semaine était consacrée au travail et le dimanche à Dieu.

Cela commençait par la messe, le matin, à l'église de Cormoranche où l'on se rendait à pied bien entendu, pieds chaussés des sabots noirs du dimanche jusqu'au jour de Pâques, puis l'été de souliers. Avant de partir avait lieu le supplice des cheveux. Pour Dieu, on pouvait souffrir et la mère faisait la tournée des nattes, sans ménagement ni pitié pour la tignasse. En reniflant, on ajustait le chapeau. Si Françoise attachait peu d'importance aux jupons troués, elle était très sensible aux couvre-chefs. Pauvres certes, mais bien chapeautées ! Le chapeau, c'était la revanche de Françoise, sa fierté. On le commandait chez la petite modiste de Crèches-sur-Saône, si douée qu'elle s'installa à Mâcon plus tard. De feutre l'hiver ou de belle paille noire et brillante, le chapeau s'ornait d'un ruban de faille ou de gros-grain et d'un bouquet de cerises ou de fraîches pervenches. De paille claire l'été, des rubans roses ou verts le faisaient alors chanter et le teint cyclamen des filles Perrin resplendissait sur les bancs de l'église. Françoise, pour elle, préférait la « marmotine », petit bonnet qui se perchait au-dessus du front.

Au sortir de la messe, on bavardait au bord de la fontaine, puis on rentrait bien vite déjeuner car il ne fallait pas être en retard pour vêpres. Ça n'en finissait pas. Après vêpres, il y avait le chapelet... On a les fesses qui démangent, on voudrait s'en aller courir dehors, rire, s'amuser, non, on reste vissée là, à égrener ce maudit chapelet. Si l'une osait sortir avant la fin, tout le monde en causait, tu as vu celle-là, cette dévergondée...

A partir du printemps, quand les fêtes et les bals fleurissent, on ne tient plus sur son banc. On sent le regard noir des vieilles qui guettent, ah, si elles pouvaient le dire deux fois leur chapelet, pour nous empêcher d'aller danser. Mais tu peux me croire, on y volait, à la « vogue », on ne se faisait pas prier, on sortait de l'église comme des mouches happées par le soleil.

Après la guerre, la famille déménage. On loue la petite maison qu'on a fini de payer avec la pension de Charles et on s'installe chez Prolonge, au bout du hameau, la première ferme en arrivant du pont d'Arciat. Là, tout est plus grand. L'écurie — au lieu de deux vaches, on en a cinq, la Rougette, la petite Lison... —, les champs, quelques vignes, enfin l'habitation : en plus de la cuisine, une chambre pour les parents et deux pour les filles.

A dix-huit ans, les deux aînées se sont placées comme serveuses dans un restaurant du port d'Arciat. Juliette aide à la maison, aux champs. Charles est revenu des tranchées tout déglingué, la pleurésie a fait du chemin, il n'est plus bien fort, ne peut plus labourer, tout juste préparer un champ, étaler le fumier. Un journalier vient assister Françoise à la charrue.

Ce jour-là, Juliette accompagne sa mère, guidant les deux vaches attelées à un tombereau portant charrue et herse. Le terrain est prêt, le fumier éparpillé, on n'attend plus que l'homme. Il ne vient pas. Alors j'ai dit à la mère :

— Laissez-moi essayer.

— Tu n'y arriveras pas, me dit-elle, tu n'es qu'une « équeurgnaule ».

C'est tout à fait ce qu'il fallait me dire ! Je tire déjà mes vaches, Françoise ronchonne mais leur tape dessus tant et plus, on finit par les placer à un bout du champ. Et ma

Juliette derrière, à descendre la charrue. Bon. Je prends ma charrue par les deux queues (appelle ça mancherons si tu veux, chez nous, on disait « queues »). Les vaches ! L'une qui va à hue, l'autre qui va à dia, oh, les sacrées bourriques ! Elles devaient sentir une fille à leurs trousses, j'avais beau leur lancer des poignées de terre... Alors. Tu mets ta charrue, tu l'enfonces, bon, tu la ressors, ça ne va pas, tu vas de ce côté-ci, tu vas de ce côté-là, oh bon sang, tu recules, tu vois bien que ça ne va pas et t'as mal aux bras... Allez. Faire reculer les vaches, ton aiguillon qui tombe et la mère qui riait, qui riait ! Bon. Tu recommences. Comme ci avec le soc, comme ça avec le coutre, je t'en fiche ! Tu cherches, tu plonges, ah tu t'en vois, ma petite. Et, tout par un coup, j'ai trouvé ! Comme ça, bêtement, en laissant aller ma charrue toute seule, l'inclinant, la touchant à peine, la suivant sans forcer, le soc découpant une belle tranche de terre et le versoir la couchant, bien gentiment. Sans appuyer, si tu appuies, la charrue se lève et c'est fini. Je t'assure que j'en ai roté ! Mais une fois que j'avais le coup, j'aurais taillé en chantant des kilomètres de sillons. Et je les ai matées, ces garces de vaches ! Au bout d'un moment, je tenais mes queues et l'aiguillon, je te les piquais d'une main, comme il faut. Après, que j'aimais ça ! Je l'ai fait souvent, ça soulageait la mère qui ne se moquait plus de moi. Les betteraves sont bien venues. J'étais fière et j'avais de ces biceps ! Un homme, qui me regardait faire, m'a félicitée : « Je croyais pas qu'une femme était capable de labourer comme ça ! » Non mais.

A partir de quatorze, quinze ans, ma petite Julie, tu n'es plus une enfant. Fini les cabrioles, les cinq et trois font huit, les escalades dans les arbres pour dénicher les œufs, fini les jupes qui volent au vent et laissent voir tes mollets. Tu as changé. Tu es une jeune fille, tu dois avoir l'air d'une jeune fille. D'abord, les cheveux. Tu ne peux plus, ma petite Julie, gambader les routes et les chemins avec cette tresse folle qui te bat les fesses. Coupons-la, coupons-la, dis-tu. Oh là, il n'en est pas question, pas encore. Une jeune fille, ça porte un chignon. Un chignon ? Avec cette masse de cheveux ? Ça tiendra, tu vas voir, avec de grosses épingles, voilà, aïe aïe, c'est pire que tout quand il faut caser cette brioche dans un chapeau qui ne s'y attendait pas, ça blesse la nuque, ça tire. Tu t'y feras...

Et maintenant, l'uniforme. Les jours de la semaine, on trime, personne ne regarde comment t'es gonée, on use les vieilles guenilles, mais, pour les dimanches, c'est autre chose, il te faut une tenue. On va acheter un bon tissu, bien solide, et la couturière va te coudre un tailleur, ton premier tailleur de jeune fille. Grande et mince comme elle est, il faut me l'étoffer, cette haridelle ! Pitié, pitié, le résultat est désastreux : la jupe à gros plis bien épais, bien lourds pour entraver les pas du printemps, et une veste qui descend jusqu'en bas des fesses, un épouvantail ! Vrai, quand tu te regardes dans la glace de l'armoire, tu n'en reviens pas, où es-tu, où est la petite fille de la photo de classe, celle qui accrochait ses tabliers aux buissons et pataugeait dans les roseaux pour faire peur aux poules d'eau ? « Je r'ssemble une bonne femme », dis-tu, et il ne te reste plus, pauvrette, que tes yeux pour pleurer.

« Tu t'y feras, marmonne Françoise, c'est du beau tissu. Dans trois ans, tu auras un autre tailleur, tout pareil à celui-ci, car on le retournera. » D'ici là, Juliette saura un peu mieux ce qu'elle veut, on retaillera la jupe, plus courte, plate sur les hanches, on ajoutera une petite ceinture et on rétrécira la veste, qu'elle devienne un boléro.

En trois ans, Juliette a embelli, elle prend des formes, elle se regarde parfois et se trouve à son goût. Et puis elle est allée à Mâcon plusieurs fois avec la mère. On va à Mâcon à pied, huit kilomètres aller et huit retour. Juliette y a vu des dames, dans la rue, dans les boutiques où elle admirait les lingeries fines qu'elle ne sentira jamais sur sa peau. Avec nos jupons et nos cache-corset, que nous nous sentions entravées ! A la ville, mazette, les filles portaient une « combinaison ». Le ravissant mot, vaporeux, fluide comme le tissu aux plis mousseux, si joliment disposé, gonflé par le papier de soie. La première combinaison aperçue dans une vitrine, Juliette l'avait regardée comme le fruit défendu, en douce, sans attirer l'attention de la mère qui se serait encore esclaffée devant ces « affûtiaux de gourgandine », comme le jour où Juliette soupirait devant des bas de couleur chair : « Pourquoi pas se promener toute nue ! » Tout de même, une combinaison, « un jupon qui va jusqu'en haut »... Chez nous, le comble du chic sera plus tard la « chemise empire », on y fera nous-mêmes les incrustations de dentelle, au point de bourdon.

En avril, ne te découvre pas d'un fil, tu connais la chanson, mais, dans ce temps-là, on n'est pas les seules à le dire, on se souvient bien que le printemps arrivait à Pâques. On sortait son chapeau de paille et ses chaussures neuves.

Ce matin-là, Juliette part de la maison le cœur léger, avec une fleur fraîche sur son chapeau. La rosée mouille le bout de son soulier, l'air sent la primevère et le nénuphar, les peupliers ne sont pas loin de faire frémir leurs feuilles en papier d'argent. Au loin la brume se lève sur une Saône scintillante, il fait encore un peu frais, mais, tout à l'heure, en revenant de la messe, le soleil tiédira les joues à travers la paille du chapeau. Pour le moment, Juliette a mal aux pieds. Chaque année, c'est la même histoire, quand on passe du sabot-chaloupe au soulier collet monté, et quel soulier ! Pendant le sermon, lasse de repérer les chapeaux neufs de ses voisines, Juliette glisse un regard plein de mélancolie sur les maudites chaussures achetées avec Françoise entre Rameaux et Jeudi saint, et soupire en songeant aux jolies bourgeoises qui arpentent les rues de la ville de leurs jambes gainées de bas fins, mon Dieu, ces bas couleur chair ! Faisant résonner les trottoirs de leur pas cadencé, elles n'ont pas peur d'abîmer leurs petites chaussures car elles ont fait revêtir leurs talons de cette invention merveilleuse, la talonnette. Rondelle de caoutchouc décorée d'un motif, la talonnette protège et assourdit la démarche, semant sur les trottoirs des petites étoiles... Reviens Juliette, lève-toi pour le Credo, Jésus est ressuscité, et prends garde, il voit tout et pourrait bien apercevoir ton ciel constellé de talonnettes... Hélas, pour les chaussures, Françoise ne les achetait qu'en solde, c'était bien assez bon, « pourvu que les pieds aillent dedans ».

Dans la cuisine où ronfle la cuisinière à bois, Hortense, les gestes lents, fait la vaisselle. Assise sur la chaise que l'on m'a assignée, j'écoute la voix alerte de Juliette qui, tout en essuyant les assiettes à grand fracas, « raconte ses histoires ». Elle éclate de rire. Elle rit toujours en racontant sa mère, par moquerie, par tendresse :

— Elle était drôle, ma mère, elle avait ses idées bien à elle, pas toujours commode, mais, souvent, elle avait raison.

— Elles étaient si moches ces chaussures ?

— Si on avait pu faire autrement... On savait bien que ce que l'on admirait dans les vitrines était trop joli. C'était du « superflu ». Pourtant, nous, je vais te dire bien franchement, avec tout ça, on n'a jamais été malheureuses !

Hortense passe la serpillière sur les carreaux. Juliette a posé son torchon sur le dossier d'une chaise et me regarde « dans le blanc des yeux » pour bien me convaincre. Ses yeux sont pleins de larmes, mais je la crois : être malheureuse, c'était du « superflu »... Hortense a rangé balais et toile. Elle attrape le torchon pour l'étendre sur le fil au-dessus de la cuisinière. Chaque chose à sa place. Juliette enlève son tablier. Sa voix de nouveau :

— Et puis, tu sais, quand on s'en allait danser... (chassées les larmes, oubliées dans le tourbillon des souvenirs) ... on se fichait pas mal de ce qu'on avait aux pieds. On y allait d'abord pour la musique. Oh, la musique, que j'aimais la musique... Vous ne pouvez pas vous rendre compte, maintenant, avec la radio, les disques, la télé...

A part les cantiques à l'église, l'harmonium qui jouait grêle et le clairon du père Charles, la musique, par ici, on ne l'entendait jamais. Il avait de l'oreille, le pompier Charles-Benoît, et les quelques jolis sons qu'il tirait de son clairon valaient mieux que rien. De temps en temps, il jouait avec la fanfare municipale et les enfants suivaient le cortège en frappant des mains, mais c'était toujours un peu la même chose.

Juliette s'est entichée de musique en allant à Mâcon : elle guettait les chanteurs des rues, traînait dans leur sillage en se cachant sous les portes cochères pour apprendre les chansons qu'elle trimbalerait partout et n'oublierait plus de sa vie. « Reviens vers le bonheur, reviens vers l'idéale tendresse, ton cœur charme mon cœur, je ne peux vivre sans tes caresses... » et tant d'autres.

Ensuite, elle courut les fêtes que, par ici, on appelle les « vogues », courut les bals du printemps et de l'été, de l'Ascension à la Saint-Jean, des moissons aux vendanges, les bals du dimanche et du lundi quand on se sauvait de l'église, des vêpres et du chapelet, les bals à Cormoranche, à Grièges, à Crèches-sur-Saône, on serait bien allées jusqu'à Bourg à pied pour danser.

Deux, trois musiciens, clarinette et piston, ce n'était pas de grands orchestres, parfois un chanteur, mais c'était merveilleux de tourner manège, de danser, de s'étourdir jusqu'au point du jour, on rentrait épuisées, quand les coqs chantaient, en se donnant le bras entre filles et en chantant encore…

Elles étaient jolies les filles Perrin. Quand elles s'en allaient danser, les cavaliers ne manquaient pas, mais le regard de la mère ou celui de tante Philomène les suivait de loin. « C'est jeune, ça s'échauffe vite, il faut les surveiller. » A la sortie de la messe, avait dit Françoise, si on te regarde, baisse la tête, les garçons sont des vauriens.

Pendant les travaux des champs, à l'heure où les chignons s'échappent de leurs épingles, tout piquetés de paille, ils tournent, les galapiats, autour des bras nus et des aisselles odorantes. On s'amuse, on se laisse peut-être pincer la taille, bas les pattes, un éclat de rire, gare aux dents de ma fourche, on se lance de vertes plaisanteries, la Juliette a la parole vive, elle répond sec, on se frotte d'un peu près, il en faudrait peu pour basculer derrière une meule. Mais elles ne sont pas comme ça, les filles Perrin.

Françoise veille à la menace qui flâne sur les talons des filles... Va-t-elle avertir sa progéniture ? Penses-tu. On ne parle pas de ces « choses ». Et si on en parle, c'est pire. Une fille qui se met du rouge et se retourne sur un garçon a tôt fait d'être une « putain », et les hommes, quant à eux, ne sont là que pour engrosser les filles et les plaquer ensuite, les idiotes, voilà le son de cloche au clocher de Cormoranche-sur-Saône...

Tu les as connus quand ils se pendaient à la queue de tes vaches ou couraient après tes nattes. Tout d'un coup, tu les retrouves pour valser sur un plancher à la vogue. Quel mal à ça ? Virevolter dans les bras d'un garçon, t'étourdir de musique ? Tu as les joues chaudes, tu n'en peux plus, tu ne sens plus tes pieds et tu aimerais ne jamais t'arrêter de danser... Quand tu t'arrêtes, gare, c'est là que l'homme guette derrière le garçon ! Danse ma fille, mais pas trop près, ne t'y risque pas, chasse la main qui se pose sur la taille et veut t'entraîner vers le petit chemin, repousse la moustache qui susurre à ton oreille, sauve qui peut, les garçons deviennent des hommes, alors ils n'ont qu'une idée par la tête : se moquer des filles, les posséder et... il est trop tard. N'oublie pas, ma fille, tous les hommes se valent, pas un pour rattraper l'autre. Regarde le petit père Bossu qui attend les jupons au coin du bois des Croisettes. Quand les gamines reviennent de l'école, il les appelle doucement, agitant d'une main les feuilles et de l'autre fouillant son pantalon. Cris perçants, cavalcades de sabots, elles arrivent essoufflées à la maison où la mère, son tisonnier à la main, marmonne : « Grand sale, il a pas grand-chose à montrer... », mais se dit qu'un jour, il le prendra sur la tête, le tisonnier, ou ailleurs !

Les autres, c'est du pareil au même, regarde le Martin, un peu benêt, cet oiseau-là, mais costaud. N'a-t-il pas essayé de trousser la Louise quand elle était aux vaches ? Elle a pris ses jambes à son cou, heureusement l'autre idiot s'est empêtré dans ses bretelles, étalé dans une bouse... On a bien ri, mais la fois d'après, on l'a dit au maire et le Martin s'est fait sonner les cloches. Tu vois, ma fille, les hommes ne pensent qu'à ça : « Te montrer leur truc et puis comme on s'en sert », tous à courir la gueuse. Bien contentes dans une famille quand le père se tient tranquille et ne se mêle pas d'embêter ses filles...

Ce qu'il fallait, c'est les effrayer pour qu'elles n'aillent pas faire les quatre cents coups et que l'envie leur passe même de poser des questions. Françoise tonnait : « N'allez pas vers les garçons, c'est dangereux », mais elle n'expliquait rien, ni le comment ni le pourquoi du « danger ».

Le lit de noyer des parents existe encore dans la petite chambre au fond de la cuisine. Il allait avec l'armoire qui, dans la pièce où dorment Juliette et Hortense, garde le linge des deux trousseaux qui n'ont jamais servi. Avec son édredon rouge et ses piles d'oreillers, le lit occupa longtemps le tiers de la cuisine. Puis, quand la famille s'installa dans la ferme des Prolonge, il mérita sa chambre, séparée de celles des filles par une mince paroi.

Dès que l'un ou l'autre se retournait, le bois butait contre le mur. On entendait Charles ronfler, tousser ou cracher dans sa cuvette. Françoise le secouait ou lui disait de se taire. Au matin, c'était le chaloupement des pantoufles sur le plancher, un grognement, le petit bruit cristallin d'eau qui coule, puis le choc du couvercle du seau hygiénique en émail. Une sonnerie d'horloge dans la cuisine, des braises que l'on remue dans la cuisinière, il était temps de se lever.

Savait-on quelque chose des rapports entre le père et la mère ? Quelle idée ! On n'en avait pas la moindre, même si on a entendu le sommier grincer. D'ailleurs, qu'aurait-on fait dans un lit à part dormir, y rester quand on est malade ou mourir ? Pourtant, le lit de noyer vit naître quatre enfants, il avait bien fallu les faire ? On n'était pas là..., dit Juliette, on ne savait rien, on ne remarquait pas sa propre mère quand elle était enceinte. On entendait : « Une telle est grosse. » C'est qu'elle avait grossi, un point c'est tout. Sous tous ces affûtiaux de jupes, jupons, tabliers, un gros ventre ne se remarquait pas plus qu'un ventre ordinaire. On voyait bien les vaches avoir des veaux, les chattes lécher leurs petits dès sortis de leurs flancs et les chiens se grimper dessus... On ne faisait pas le rapprochement !

Et d'abord toi, oui, toi, qu'est-ce que tu es ? Un corps. Et qu'est-ce qu'un corps ? Tu n'en sais rien, tu ne te vois pas grandir, tu as des jambes, des fesses pour t'asseoir et des bras pour le travail. La tête ? Oh, la tête... pour y clouer un chapeau ! Tu es un corps et tu ne sais fichtre pas ce que ça veut dire. Tout par un coup, il te pousse quelque chose là-devant, des seins comme ta mère, ça fait un peu mal, mais tu ne dis rien, tu penses : ça va passer, et puis viennent trois poils en bas du ventre... Tu ne montres ça à personne, tu as honte en silence, tu te dis : on verra bien.

Une amie un jour se confia à Juliette : avoir ses règles, cela signifiait perdre du sang, cela faisait juste un peu mal à la poitrine, avant. Juliette, affolée, n'osa pas demander de détails et crut jusqu'à ce que ça lui arrive, que le sang coulait au bout des seins. Effrayant, non ? Mais tout devenait si bizarre en vieillissant...

La « chose » arriva en été, un été chaud où l'on rentrait épuisée d'avoir grillé dans les champs. Toute la journée, la migraine avait bourdonné sous le chapeau de paille. En se déshabillant, elle voit du sang sur sa chemise et son jupon. Se dit-elle seulement que c'est du sang ? Elle n'en parle pas, fatiguée s'endort et le lendemain retourne au champ. Ce n'est que le soir de ce jour qu'elle ose dire à la mère : « J'ai tout sali ma chemise. — Ah, tu as donc “ ça ”, répond la mère placidement, je vais te montrer comment on se garnit. » Pas un mot de plus. Cours donc, travaille donc et puis, quand t'as « ça », débrouille-toi avec des lanières de vieux draps qui arrachent la peau et qu'il faut laver pour que ça resserve.

Te voilà femme, ma Julie, et ni la mère ni personne ne te

dira « à quoi ça sert ». Tu rejoins le troupeau de celles qui baissent la tête et s'habituent. Tu es femme, mais, trop jeune encore, tu n'as pas droit aux secrets de femmes. Quand Françoise et la tante Morel ont des choses de femmes à se dire, elles vous chassent, les filles, à coups de torchon : « Foutez-moi le camp d'ici, c'est pas des histoires pour vous. »

Quelles histoires de village se racontent-elles, les bonnes femmes, quand elles jaspinent dans l'ombre des cuisines ou le long des venelles, les bras croisés sur leur ventre ? Que se disent-elles, sinon des contes de filles séduites, de mariages, de fâcheries, d'accouplements ? On a peu de distractions, mais, heureusement, une langue bien pendue pour faire et défaire l'humanité autour de soi. Au lieu d'éclairer leurs filles, elles préfèrent ressasser entre elles de vilaines confidences. Y est-il parfois question d'amour ? Non. L'amour, c'est une histoire de riches, l'amour, c'est pour les gens des villes, pour les filles à talonnettes et à combinaisons, pour les pas-convenables qui se mettent de la poudre et des faux culs. L'amour, c'est dans les chansons. L'amour, ce n'est pas pour nous.

Les mères font comme leurs mères ont fait, se vengent comme leurs mères ont cru se venger, persuadées qu'elles protègent leurs filles en leur filant des coups de torchon, va-t'en voir là-bas si j'y suis.

Il y avait tant d'histoires taillées sur le même modèle que la rengaine c'était : dès que t'es fille, t'es bonne pour « te faire avoir ». Un gars te tourne autour, te fait la cour, tu y crois, tu penses au mariage et il te laisse tomber. Bien chanceuse s'il ne t'a pas posé un enfant avant de disparaître...

Alors elles se préviennent, les bonnes femmes, se mettent en garde contre les dangers qui rôdent les soirs de bal ou au fond des granges, parce qu'il y a toujours une « ben oua » qui se fait prendre... à chacune son malheur, mais plus t'es pauvre, plus on te traînera dans la boue. Comme c'est arrivé, pas loin dans la famille, à une cousine perdue, une petite de dix-neuf ans, le gosse était presque là quand elle est venue piauler, le gars avait décampé depuis longtemps. On n'allait pas le lancer aux cochons, ce gone, Françoise a ouvert grand son tablier, mais, quand elle est allée, traînant la gamine, demander une petite aide à la mairie, on lui a fermé la porte au nez en lui disant : « Qui a fait le veau le lèche... »

Notre mère avait une drôle de caboche. A croire que les prétendants, elle voulait les faire fuir. Pas comme Philomène qui, pour ses trois filles, prit les premiers qui passaient.

Je vais te dire. On le rencontre à la vogue, au bal à Grièges ou à la guinguette du port d'Arciat. Ou encore aux vendanges : il vient du village voisin et s'est fait journalier. On se plaît bien, on se fréquente. Bien vite, on se rend compte... de la vitesse du vent. C'est là que la fille doit se tenir, ne pas tomber dans le panneau. Si l'amoureux semble sérieux, et pas trop touche-à-tout, on l'invite à la maison un dimanche, à l'heure du café, avant les vêpres. Il parle avec les parents de tout, de rien. La mère le regarde, le soupèse et tu peux être sûre que, le lendemain, elle fait son rapport à Philomène ou à la tante Morel, à Clémentine et à la Jeanne... Si les ragots sont favorables, elle tient sa langue et n'embête pas trop sa fille. Elle dit simplement une fois dans la semaine, mine de rien :

— Alors, ton amoureux, tu nous le ramènes dimanche ?

C'est arrivé une fois ou deux pour moi, je ne pensais pas au mariage. J'avais un galant, on était bien ensemble, on allait danser. Tout ce qui se tramait par-derrière, on n'y pensait pas. Mais, si le garçon ne revenait pas un dimanche, alors la mère devenait méchante et ne nous laissait pas en paix.

— Ah, tu vois, disait-elle, tu peux bien te redresser et mettre tes atours, ton amoureux, il ne veut plus de toi. Tous pareils ! Dès qu'ils se sentent un fil à la patte, ils s'envolent !

Elle nous décourageait... Peut-être croyait-elle simplement nous taquiner ? Tiens, comme avec Hortense. Un rouquin, tout ce qu'il y a de plus vilain, il est mort le pauvre garçon, la fit demander par sa marraine, Mme Pilat. Hortense ne voulait pas de Jules le rouquin, il s'appelait Jules, la mère en profita pour se moquer :

— Le Jules te demande, le Jules veut te marier, ma fille, t'as qu'à y aller avec le Jules Martinet, ou pourquoi pas avec le fils de l'Antoine qu'est un peu « beurdin » ?

Voilà comment elle nous arrangeait, not' mère. Des années après, le Jules étant devenu veuf, par deux fois il redemanda l'Hortense. Elle l'envoya promener. L'aurait-elle pris si la mère n'avait pas toujours été là : « Épouse le Jules, le rouquin est assez bon pour toi » ? Hortense ne s'est jamais mariée. Laisse donc. Elle avait une drôle de caboche, c'est tout...

Qu'avait-elle contre les hommes, Françoise, quelle terrible méfiance, quelle rancune de derrière les fagots, pour les chasser comme la peste ou les choisir bien moches, bien débiles, même pour rire... Dans son monde, la Saône d'un côté et les marais des Dombes de l'autre, tous les hommes étaient-ils des cochons ou des fainéants, et les filles des putains parce qu'elles se faisaient belles pour aller danser ?

C'est remonter trop loin. Juliette lui pardonne. Ce n'était pas par méchanceté, peut-être par bêtise ? Laisse donc...

Ma Juliette, tu m'as raconté cette histoire, il y a deux ans ou trois : en allant te promener avec des amis le long de je-ne-sais-quel chemin, enfin pas loin d'ici, tu passes devant une clôture. Cette clôture longe un potager où un homme est courbé en deux, grattant la terre. A votre passage, il se redresse à demi, marmonne quelque chose, clopine plus loin et replonge dans ses petits pois. Tu crois l'avoir reconnu mais ne dis rien, cela te fait une drôle d'impression. Est-ce « lui » ce vieillard courbé qui ne te voit même pas longer sa clôture ?

Juliette fait celle qui ne se souvient pas. Non, elle ne voit pas à quelle histoire je fais allusion, ni de quel vieux tordu je parle... Ai-je inventé cette rencontre, cinquante ans après, entre une Juliette restée fringante et un vieux galant tordu ? Ai-je inventé ces mots : « Quand je l'ai vu si vieux, si moche, je me suis dit : tant mieux, je n'ai pas eu à soigner ses rhumatismes. » Elle avait même ajouté : « Il ne s'est jamais marié non plus... »

A moins qu'elle ait vraiment oublié et que le désenchantement, au cours des années, ait fait place à ce ton moqueur, légèrement amer, teinté de quelques rires, qu'elle affiche pour parler des « sentiments ». A moins que les hommes de sa jeunesse ne se soient confondus en une seule image, celle de l'« homme » qui faisait grincer Françoise, danser puis pleurer ses filles, et qu'elle rejeta définitivement, persuadée peu à peu que « tout ça » n'amène finalement rien de bon dans la vie... Laisse donc.

Ce dont elle se souvient aujourd'hui, la Juliette, c'est, à vingt-trois ans, d'avoir refusé une demande sérieuse. Las, c'était un moustachu qui n'eut pas l'heur de lui plaire ! Elle l'évinça et resta fille. Sans regrets, elle conclut : « Pourtant, si je l'avais épousé, celui-là, je serais à cette heure une grosse propriétaire de vignes dans le Mâconnais… Mais, tu sais, j'aurais encore été la servante… Ou alors, il aurait fallu que je me rebiffe, que je prenne le taureau par les cornes… On était pourtant jolies, plus d'un nous a tourné autour, rappelle-toi, plus d'un ! Mais vois-tu, il y avait toujours quelque chose qui n'allait pas… »

Cinquante-sept ans. Il n'est pas allé plus loin, Charles-Benoît Perrin. Les deux, trois dernières années, Françoise n'était plus exigeante avec lui. Il se console sur la place de Cormoranche, à la buvette, racontant ses souvenirs de caporal aux copains qui hochent la tête sans l'écouter. A la nuit, Françoise va à sa rencontre ou envoie une des filles. On le retrouve souvent assis sur le talus, en train de parler à sa casquette ou aux cailloux du chemin. Maigre et léger, il se laisse soulever, tirer par la manche jusqu'au logis où il s'endort dans sa soupe. Un matin, il n'a pas pu se lever. Il est mort quelques jours plus tard, sans s'en rendre compte.

Cela faisait belle lurette qu'il ne chassait plus. On craignait un accident. Pour ne pas le tenter, Françoise avait décidé de vendre la canardière. Avec l'argent, on acheta un vélo, ce qui révolutionna la vie de la famille et surtout celle de Juliette. Libre, elle avalait les kilomètres. Ne plus dépendre de personne, partir quand bon lui semble, enfourcher son « canasson », comme elle l'appelle, et filer. Mâcon, la ville, pour les courses, mais surtout la plate campagne de l'Ain, le pays des Dombes avec ses chemins qui vous mènent où ils veulent, ses étangs.

Partir dans le matin humide qui mouille les cheveux, traverser la haute tonnelle des peupliers qui longent les champs et vous accompagnent jusqu'à la Bresse, aspirer l'air moite à grandes goulées tandis que la brume s'évapore, puis sentir peu à peu le soleil vous chauffer les mollets. S'arrêter au bord des étangs, approcher tout doucement entre les herbes et, chasseur sans fusil, guetter les oiseaux, les canards à travers les roseaux, alors taper dans les mains et, riant de bonheur, les regarder s'élancer vers le ciel dans une gerbe scintillante et criarde. Repartir. Longer les hameaux, des fermes, faire signe aux gens dans les champs, le long des routes, on se sent si bien de fendre en douceur les paysages, c'est comme si on prenait son envol... « Guét' don' la Juliette, elle tient pas en place avec sa bécane... » Elle s'en moque, Juliette, de ce qu'ils racontent. Ils disent aussi : « A son âge, elle ferait mieux de trouver un mari plutôt que de courater la campagne, un jour, il arrivera quelque chose... » Ça ne lui fait ni chaud ni froid, ce qu'elle aime, c'est filer entre les arbres, le vent dans ses cheveux blonds qu'elle porte courts maintenant, la mode est arrivée jusqu'à la Bresse, et sentir les odeurs, reconnaître le vol des oiseaux, chaparder cerises et pommes vertes. Ce qu'elle aimerait, Juliette, c'est rester dans ce pays-là, mais ce n'est pas possible, ce n'est plus convenable. Françoise est veuve. Les jumelles sont à Lyon. Louise travaille par-ci par-là et va bientôt se marier avec un veuf. Hortense s'est placée comme cuisinière. Juliette, à vingt-cinq ans, doit s'en aller aussi. La mère peut se débrouiller toute seule.

La ferme des Prolonge étant devenue trop grande, Françoise s'est réinstallée dans sa petite maison au cœur du hameau, elle n'en partira plus. Une vache, deux chèvres, quelques poules, son petit jardin, pour elle c'est largement. Les filles doivent aller gagner leur vie puisqu'elles n'ont pas réussi à se caser au pays... la mère le regrette, mais, avec ses airs doux, la Ju, elle a un sacré caractère, elle a refusé plusieurs partis, rendez-vous compte, tout ça parce qu'ils « ne lui plaisaient pas » ! Comme si un homme avait besoin de plaire, en plus ! Tant pis pour elle, elle ira faire la bonne. que trouverait-elle d'autre ? Peut-être qu'en ville, elle se dénichera un veuf, qui sait.

Une cousine qui a des relations lui a trouvé une place chez un couple, à Tassin-la-Demi-Lune. Une vraie expédition. Juliette n'a jamais pris le train. Un matin d'automne, Françoise et le vélo accompagnent Juliette au village où le père Blanc la prendra dans sa carriole jusqu'à la gare de Mâcon — il s'y rendait de toute façon, c'est jour de marché. Les deux femmes vont à pied, Juliette guide le vélo, à l'arrière duquel on a ficelé la petite valise de carton bouilli où elle a plié ses habits du dimanche, un chapeau de rechange et quelques vêtements chauds pour l'hiver. Le linge qui ne tenait pas dans la valise, on en a fait un baluchon que Françoise tient sous le bras. Chacune d'un côté du vélo, elles ne disent rien. Le ciel est couvert, il ne pleut pas. Presque toutes les feuilles sont tombées, on voit les oiseaux voler de branche en branche. Juliette a chaussé les souliers noirs de l'enterrement du père et mis son « cache-misère », un large manteau en drap gris, sur la tête le feutre marron à ruban noir. Françoise soupire de temps en temps ; Juliette a le cœur gros. Les adieux sont rapides, on ne va pas faire des manières sur la place devant tout le monde, tu peux être sûre qu'elles sont toutes derrière leur carreau. La carriole s'en va. Françoise fait un tour à l'église pour se moucher, puis rentre à Arciat. Boire une tasse de café bien chaud ne fera pas de mal.

Chemins bordés de saules, peupliers nus, corbeaux qui rôdent au-dessus des champs décolorés, Juliette a les larmes aux yeux. Caracoler une fois encore par la Bresse, partir si loin, quand reviendra-t-elle ? Assise près du père

Blanc, elle ne dit rien. Elle serre son baluchon contre son cœur. Une bonne odeur de saucisse fraîche s'en dégage. Avec un morceau de pain et une pomme, la mère y a aussi caché deux petits flans de courge que sa Julie aimait tant, autrefois.

Je n'étais jamais allée chez personne. Quand je suis arrivée le soir chez ces gens-là, je tremblais dans mon jupon. Ils ont bien vu que j'étais intimidée et m'ont offert de manger un morceau, puis d'aller me coucher. C'était une petite villa, j'avais une chambre tout en haut, pas désagréable. Le monsieur travaillait aux « Deux Passages » à Lyon et sa dame était beaucoup plus jeune que lui. Plus tard je compris qu'il avait été marié, qu'il avait perdu sa femme et épousé sa bonne amie, mais pourquoi pas, après tout, ça ne me regardait pas. Ils avaient un petit chien.

J'eus tôt fait de vider ma valise et de me mettre au lit. Je n'arrivais pas à dormir, quelque chose me tourmentait. La dame était élégante, la villa proprette, je n'avais pas l'habitude des housses à fleurs et des meubles vernis. Tout reluisait. De quoi j'aurais l'air dans mes vieilles nippes ? Une robe et une jupe rapiécée, des chemisiers pleins de reprises, ma mère avait dit : « C'est bien assez bon pour travailler, avec ta blouse par-dessus. » Mais la jeune dame m'avait demandé si j'avais un tablier blanc pour servir à table. Non ? Elle m'en prêterait un. Cela voulait dire que le tablier ne cacherait pas mes guenilles. J'avais bien une robe du dimanche, mais je n'allais pas la mettre tous les jours... Je ne sais plus comment je me suis débrouillée, ça a dû marcher puisque je suis restée deux, trois ans dans cette place. Mais, au début, que c'était dur ! Je me sentais perdue. A ne pas savoir si c'était du lard ou du cochon... Allais-je rester ou prendre la fuite ?

Le premier matin, j'étais debout à six heures. La maison était silencieuse. Je fais mon lit et je tournique à la cuisine. Un peu plus tard, la jeune dame descend, riant de me voir plantée là. « Il ne faut pas vous lever si tôt, je vais vous expliquer. » Elle était gentille. Elle aimait faire la cuisine, je l'aidais. Le ménage, la lessive, les courses et puis servir à table, je n'étais pas débordée.

Mon jour de congé — une après-midi par semaine —, je voyais mes sœurs. On se donnait rendez-vous place des Cordeliers. On flânait, on allait au parc, on marchait dans les rues, regardant les vitrines, on se voyait, quoi, il n'y avait pas grand-chose à se raconter, des histoires de cuisine. Et puis chacune rentrait chez elle, jusqu'à la semaine suivante. Le temps passait comme ça.

Pas drôle ? Peut-être. Mais, triste, même pas. Que pouvait-on espérer à cette époque, quand on avait des jupons pleins de pièces et qu'on était « juste bonnes à la queue de nos vaches » ? On se disait qu'on s'y ferait. D'ailleurs, on se fait à tout. Regarde-moi ! J'étais jeune. Travailler, je savais ce que c'était, mais trimer chez toi, pour tes père et mère, dormir dans ton lit le soir, un lit qui est le tien, dans une maison qui est la tienne..., ce n'est pas la même chose que servir des étrangers, servir des gens tout simplement parce qu'ils sont nés ailleurs que toi, qu'ils ont une villa et pas toi, et besoin d'une bonne, et la bonne c'est toi ! Ça, il faut s'y habituer, se faire doucement une idée, voir comment tu peux exister toi et pas te laisser marcher dessus.

Après tout, je n'étais qu'une domestique. Ce mot-là, je me le répétais plusieurs fois par jour pour le comprendre. Les gens pour qui tu travailles, ils trouvent ça normal. On n'avait pas de vie à soi, on ne comptait pas, on était le domestique, c'est tout. Que les patrons soient gentils ou pas gentils, c'est pareil. Le domestique a sa place dans la cuisine, qu'il fasse beau ou qu'il pleuve, il est quelqu'un qui n'a aucun besoin, qui « reste là ». Pour vous servir, Monsieur, pour vous servir, Madame. Un point c'est tout. Une après-midi par semaine… Quand elle me voyait me préparer à sortir, la jeune dame me disait : « Juliette, à quoi allez-vous bien pouvoir passer votre après-midi ! »

Juliette avoue que ce qui l'a fait rester avec la dame, le monsieur et le petit chien, ce qui lui a plu, à Tassin-la-Demi-Lune, c'est le petit jardin autour de la villa, un modeste jardin mais un jardin tout de même, avec des arbres, des feuilles, de l'herbe.

Le pli est pris. Juliette la paysanne s'installe dans sa nouvelle vie. Pendant trois ans, elle ne sort pas de Lyon, sauf pour les congés qu'elle passe à Arciat, chez sa mère. Elle ne fait pas de connaissances, mais, avec ou sans ses sœurs, parcourt la ville entre la Saône et le Rhône, place Bellecour, les Terreaux, la Croix-Rousse, Fourvière ; sans éprouver le bonheur du vélo à travers la Bresse, elle se met à aimer la ville, un dehors auquel elle s'habitue, elle y marche des heures et se remplit la tête d'images de pierres qui atténuent peu à peu la nostalgie des prés.

Elle a trouvé une autre place en ville, chez un homme fortuné, un « soyeux » de Lyon, qui habite un bel appartement non loin de la place des Cordeliers. Un vieux monsieur seul qui aime la vie de famille. Celle-ci, composée d'une fille mariée et de ses deux enfants, se réunit souvent. La jeune dame, en engageant Juliette, lui a expliqué que son père était âgé, un peu fantaisiste et qu'il fallait avoir l'œil, lui-même ne voyant pas très clair : « Et d'ailleurs, Juliette, ne lui dites pas votre âge, mon père pourrait être gêné de se confier aux soins d'une personne si jeune... » Juliette, sans trop comprendre, répondit en rougissant qu'elle s'occuperait avec dévouement du vieux monsieur, qu'on ne se fasse pas de souci pour le reste. En réalité, dit Juliette, ce brave monsieur était un peu gâteux, mais sûrement moins que sa fille ne le croyait. Il aimait bien boire un coup : craignant sa fille, il avait ses cachettes. Pour quelqu'un de bigleux, à mon avis, il voyait aussi clair que toi et moi ! Je faisais comme si de rien n'était. Gentil comme tout, il n'arrêtait pas de me complimenter, Juliette par-ci, Juliette par-là, un vrai père pour moi ! Tous les deux, nous faisions bon ménage et le travail n'était pas dur. Il aimait recevoir, j'allais faire le marché aux Halles à côté, achetant ce qu'il y avait de mieux. Tous les dimanches, au déjeuner, sa fille lui versait solennellement un petit porto en apéritif et son verre de bourgogne. Si j'étais près de lui, il m'envoyait un clin d'œil par-dessus sa grosse moustache.

Dans l'appartement du vieux monsieur, Juliette découvrit une chose qu'elle n'avait jamais vue dans aucune maison : une salle de bains avec une baignoire... Le vieil homme avait horreur de l'eau, mais il offrit plusieurs fois à Juliette de se servir de la baignoire. Elle n'osait pas, puis elle osa. Un premier bain à vingt-sept ans, te rends-tu compte ! Elle savait à peine comment s'y prendre, eau chaude, une nouveauté, eau froide, il faut mélanger, fermer le trou..., il faut l'habitude. Elle prit son bain un matin et en sortit vacillante, complètement malade ! « J'en avais des palpitations, moi qui ne connaissais que l'eau froide de la pompe et la toilette par petits bouts devant l'évier de la cuisine... »

Noël arriva. Le vieux monsieur aimait les fêtes qui réunissaient son petit monde autour de lui. Prévoyant, il avait discuté longtemps à l'avance du menu et du choix des vins pour le déjeuner du 25 décembre. Juliette se ferait aider par la bonne de la jeune dame, la fille de Monsieur. A présent, installé dans un fauteuil du grand salon, il dirigeait les préparatifs du bout de sa canne : Juliette disposait sur une console, comme cela Monsieur ? Non, un peu plus à droite, un peu plus à gauche, toute une ribambelle de paquets joliment enveloppés. Ses gestes n'auraient pas été plus précautionneux si elle avait eu à dresser un couvert princier en porcelaine de Chine. Sur le tapis, se trouvaient déjà des paquets plus encombrants et Monsieur, en disant qu'il s'agissait des cadeaux pour ses petits-enfants, avait l'œil malicieux. Enfin, elle sortit d'un carton, livré le matin même par un confiseur célèbre, une dizaine de boîtes identiques, ornées d'un ruban et d'une vignette dorée. Les empilant, elle pensait aux devantures aperçues le dimanche après-midi, quand elle flânait dans les rues vides aux magasins fermés. Manquait plus qu'une vitrine ici pour que le salon devienne une boutique de luxe. Juliette recula pour apprécier son étalage, le vieux monsieur hochait la tête, ravi :

— Eh bien, Juliette ?

— Je n'en ai jamais tant vu, Monsieur, ni pour Noël ni pour aucune fête...

... A Noël, chez nous, on fêtait la naissance du Christ. Les cadeaux, les ficelles dorées, les guirlandes, on ne connaissait pas. Il y avait ce petit qui était né par une nuit d'hiver, dans la paille, entre un bœuf et un âne, ça on pouvait comprendre. Noël, chez nous, c'était la messe de minuit. On veillait dans les maisons jusqu'à onze heures et puis on se retrouvait tous, le hameau, avec nos lanternes et nos cache-nez. Il faisait froid la plupart du temps, en tout cas humide, chez nous. On marchait jusqu'à l'église, en se donnant le bras, en chantant pour se réchauffer. Si c'était une belle nuit avec des étoiles, on cherchait celle du berger, on se la montrait, on se sentait heureux de penser que ce petit était né par une nuit pareille et qu'on allait à l'église pour le remercier d'être né, après tout. Sous une voûte au fond de l'église, le curé, aidé de la dame de l'harmonium, avait installé la crèche, une Sainte Famille en plâtre, grands personnages colorés, avec l'enfant sur de la vraie paille, son auréole et ses menottes tendues, sur un fond de papier rocher. On défilait devant eux en faisant un signe de croix et une génuflexion.

Quand on avait bien chanté nos cantiques, bien gelé et communié pour le petit Jésus, on rentrait d'un bon pas dans nos foyers. La mère préparait une tisane ou un vin chaud, on buvait assis autour de la table, se chauffant les doigts et le ventre et puis on allait se coucher...

— Eh bien, Juliette ?

— C'est beau, Monsieur, c'est bien beau...

Ce soir, 24 décembre 1935, elle veillera jusqu'à onze heures. Pour une fois, le vieux monsieur serait bien allé à la messe de minuit, avec elle. Mais que dirait sa fille ? Pour le consoler, Juliette lui confectionnera un solide vin chaud à la cannelle avant de le border dans son lit.

— Et quand vous reviendrez, Juliette, venez donc m'éteindre la lumière.

Il avait peur de mourir en dormant et qu'on l'oublie.

Elle mettra son chapeau des dimanches et son manteau neuf. Après trois ans de gages, elle a économisé pour s'en acheter un beau, aux Deux Passages, avec un col de velours. Elle retrouvera sa sœur place des Cordeliers et, bras dessus, bras dessous, elles iront à la messe de minuit à Saint-Bonaventure. Ensuite, elle rentrera se coucher.

Le lendemain midi, la famille arrive, toute givrée du dehors, petits enfants à chaussettes blanches et manteau bleu marine portant paquets, jeune dame en renard et nuage de poudre pour cacher joli nez rosi, puis gros buisson d'azalée cachant à demi la figure du gendre de Monsieur : « Tenez, Juliette, débarrassez-moi, je ne sais où poser ça, c'est ma femme qui..., mais vous avez changé de coiffure, bonjour, ma fille. »

La fille lui répondrait bien quelque chose, remercie du compliment, ses joues sont rouges, mais c'est la chaleur du four, la mise en plis, c'est la concierge, une amie, excusez-moi, Messieurs Dames, mon déjeuner, enfin, le vôtre, va brûler... et le pot d'azalée se retrouve dans les bras de la jeune bonne venue l'aider, elle s'appelle Anna : « Anna, posez donc ça où vous voulez, au salon, le gigot a besoin de moi. »

Un peu plus tard, la maison résonne de cris d'enfants. Entre le grésillement du four et la conversation d'Anna, Juliette n'entend pas la voix du vieux monsieur qui l'appelle. Alors le gendre de Monsieur se fait un plaisir d'entrebâiller la porte de la cuisine, hmm..., quel fumet, pour dire à Juliette qu'on la demande au salon. Le temps de quitter son tablier de marmiton, que me veulent-ils encore, pense-t-elle, l'azalée ne doit pas être à la bonne place !

La jeune dame souriante, des paquets dans les bras, se fraie un passage à travers papiers et ficelles, quelle pagaille, Juliette se baisse pour ranger : « Mais non, dit le sourire, on ne vous appelait pas pour cela, tenez, c'est pour vous. — Pour moi ? » Entre ses mains, une des boîtes blanches de la pile, ruban et vignette dorés, des chocolats, pour elle ! C'est un cadeau ! Oui, pour vous. Pour moi...

... Chez nous, on l'appelait le père Janvier. On mettait nos sabots dans la cheminée. On retrouvait quoi le matin ? Une papillote, une orange, au mieux. Quelquefois, une pomme de terre ou une poignée de cendre. On voyait bien que d'autres enfants avaient plus, des jouets par exemple. On trouvait ça très bien, mais ce n'était pas pour nous. Pas de sous, pas de cadeaux. Et, si on avait grogné, on nous aurait fait passer l'envie, va...

— Ça, c'est une surprise, Monsieur, merci !

— J'ai bien droit à un petit baiser, dit le vieux monsieur qui ne perd pas le nord.

Juliette l'embrasse de bon cœur.

— Vous êtes mon père Janvier, dit-elle.

Il la regarde sans comprendre et elle, serrant la première boîte de chocolats de sa vie, s'enfuit de la pièce avant que ces Messieurs Dames ne voient la petite larme descendre sur sa pommette en feu.

L'été, ils s'en allaient tous à Chaponost, au sud de Lyon, dans la propriété de famille. Une belle villa pour abriter le vieux monsieur, la jeune dame, ses deux enfants avec une nurse et Anna, la bonne à tout faire, plus Juliette qui s'occupait de la cuisine. Monsieur le gendre venait les fins de semaine. Un grand parc, des arbres, des fleurs, un jardinier, c'était la belle vie, dit Juliette, j'avais deux copines, on s'entendait bien, les enfants étaient gentils et mon vieil enfant à moi adorait la campagne. Il passait son temps sur la terrasse de plain-pied avec la pelouse ; son grand plaisir était d'aller faire pipi dans les buissons, ce qui posait des problèmes quand on rentrait à Lyon : il se croyait encore dans la nature, et il lui arriva de confondre son balcon avec la terrasse et le trottoir d'en bas avec les buissons...

— Entre filles, on s'amusait.

— Et le jardinier, il était beau garçon ?

— Penses-tu ! Il était tout vieux, et puis surveillé de près par sa femme, une vraie sorcière ! Je ne te dis pas qu'il ne nous lorgnait pas un peu depuis ses plates-bandes. Nous, on riait, il n'était pas méchant, le pauvre, et très convenable, dans le fond.

— Et les hommes ?

— Oh, les hommes... Pour ce qu'ils valaient, les hommes. Combien de fois ne me suis-je pas fait suivre dans la rue ! Une fois, j'ai même dû me cacher dans un confessionnal de l'église Saint-Bonaventure ! Pour sûr, je devais leur plaire. A preuve tous ces jeunes gens à mes trousses. Aucun ne me revint. Et les hommes que j'aurais trouvés à mon goût étaient « trop bien » pour moi, ces messieurs ne fréquentaient pas les domestiques... ou alors, tu vois ce que je veux dire et ça, merci, la gaudriole de cuisine, très peu pour moi.

Il y eut trois beaux étés à la campagne, puis le vieux monsieur mourut. Dans son sommeil. Juliette le trouva un matin, il n'était pas encore froid. Elle regretta son père Janvier et le parc de Chaponost.

1937.

Juliette a trente-deux ans. Toujours fille, pas encore vieille. Son patron mort et enterré, elle doit trouver une autre place. Je crois connaître la suite de l'histoire... Le vieux monsieur avait une nièce qui s'appelait Ninon et fut l'amie de ma mère Alice. C'est elle qui lui envoya Juliette. Je l'entendis assez, plus tard. A chaque visite de Ninon, Maman la remerciait, des larmes dans la voix, de lui avoir trouvé Juliette.

Tu veux toujours raconter les histoires à ta façon ! Écoute-moi. D'abord, Ninon me trouva quelque chose, mais ce fut un intermède de trois ou quatre mois. Des gens affreux ! Chez qui je ne me plaisais pas du tout. Un couple. Lui avait ses bonnes amies, elle des types, et ils se retrouvaient pour en parler sur l'oreiller, tu me comprends, j'entendais tout, c'était du propre ! Deux enfants, dix et treize ans, malheureux gosses peut-être mais infernaux. « Toi, t'es la bonne, me disait le gamin, il faut m'appeler Monsieur. » Non mais. Pour s'en débarrasser, les parents les envoyaient au cinéma et moi avec. J'avais honte. La gamine ne lisait que des illustrés de cinéma, des filles en chemise, Danielle Darrieux, c'était l'époque, elle s'endormait dessus. Oh, les sales gosses. La femme s'est mise à me faire des confidences... Je n'ai pas marché dans sa combine, j'ai pris mes cliques et mes claques, et adieu. Alors Ninon m'a parlé de ta mère.

Chemin des Cerisiers à Tassin-la-Demi-Lune, se trouvait et se trouve encore une maison baptisée « le Chalet ». Vaste villa, à laquelle ses toits en pente, ses colombages, ses solides balcons de bois donnaient un charme forestier qui lui valut peut-être son nom. Deux hauts cèdres ombrageaient sa façade et un jardin lui tournait autour, au-delà d'une collerette de graviers qui se transformait derrière la maison en allée sinuant à travers la verdure. Marronniers et tilleuls la serraient de près sur les côtés, puis s'espaçaient pour laisser à l'arrière plus de place à des buissons, à des massifs semés sur un gazon évoluant peu à peu en herbe folle jusqu'au gros noyer, à l'autre bout, que l'on nommait pompeusement le « gardien du parc ».

Un jour, j'ai pris mon tram à Lyon pour me rendre à Tassin-la-Demi-Lune. C'est Ninon D., la nièce du vieux monsieur, qui avait arrangé le rendez-vous pour moi chez son amie Alice B. Elle m'en avait dit le plus grand bien : « Vous verrez, Juliette, c'est une gentille famille, trois enfants, c'est plus gai qu'un vieil homme. » Elle m'avait dit : « Vous comprenez, mon amie Alice a une petite bonne, Claudine, pas méchante pour un sou, mais, quand elle s'en va et lui dit :“ Claudine, occupez-vous de la petite ”, elle ne fait que jouer à la poupée et le travail ne se fait pas. Alors Alice cherche quelqu'un de sérieux qui prenne les choses en main... » Elle m'avait dit : « Juliette, je crois que c'est une place pour vous, une place en or, vous allez vous plaire chez ces gens-là... »

Tassin, je connaissais déjà et j'aimais bien. Un peu la campagne, avec des villas, des jardins. Chemin des Cerisiers, le nom me plaisait. Après Chaponost, je n'aurais pas aimé me retrouver enfermée dans des pierres et des trottoirs. Les cerisiers me faisaient rêver, j'imaginais des vergers... Le 14, c'était bien là, un portail en bois marron, une grosse porte surmontée d'un petit toit, rappelant les toits pointus de la maison. J'ai tiré sur la sonnette et je me souviens exactement. Mon cœur battait un peu, j'ai fermé les yeux. J'avais envie, en les rouvrant, que la jeune dame me plaise et que tout me dise dans cet endroit-là. Changer, toujours changer de gens, de maison, je n'aimais pas. Je me souviens des mots qui passaient dans ma tête : « Pourvu que ce soit ma dernière place ! » Quand j'y pense maintenant. Je ne sais pas si c'est Dieu ou diable, mais, bon sang, on m'a entendue ! Remarque, j'aurais pu tout aussi bien me marier, trouver quelqu'un en étant chez vous et ça aurait été ma dernière place...

Une porte — celle de la maison — s'ouvrit. Quelques jappements, une galopade et un museau noir qui reniflait mes souliers sous le portail. « Turc, viens ici », une voix féminine et une petite voix d'enfant. Des pas sur le gravier et j'entrai. La jeune dame tenait un grand chien noir par le collier pour l'empêcher de me dévorer. « Il est très gentil, vous verrez », dit-elle. Grande, les yeux clairs, un beau sourire, à peu près le même âge que moi. Les cheveux bruns en boucles lui retombaient sur le front. Le chien, un doberman, s'est calmé, il me léchait déjà les mains. « Nanie, dis bonjour à mademoiselle Juliette. » Nanie ne voulait pas dire bonjour, mais riait et cachait sa figure ronde, les mêmes yeux clairs, dans les jupes de sa mère, chiffonnant le gros nœud de satin rose de ses cheveux.

Je les ai suivies dans la maison où l'on accédait par quelques marches, un petit perron. Turc avait regagné sa niche sous un arbre et rongeait un vieil os. La maison accueillante sentait la cire. De l'entrée où partait l'escalier vers les étages, la jeune dame me fit passer au salon, une pièce donnant sur le jardin avec un piano entre les deux fenêtres et des tapisseries à fleurs. Je voulais m'asseoir sur une chaise, mais elle me dit : « Vous serez mieux dans un fauteuil. » Je restai en équilibre au bord, je n'avais pas l'habitude. Pendant qu'on parlait, que Mme B. m'expliquait le travail, la petite — je lui donnais trois ans — n'arrêtait pas de lui grimper dessus et de me faire des singeries. « Allons, Nanie, allons, reste tranquille. » Je vis tout de suite que cette femme-là était trop douce.

En quelques minutes, on fit affaire, je dis : « Oui, c'est bien, je suis d'accord. » Je toucherais deux cent cinquante francs et serais bonne à tout faire. Elle me montra la maison : deux salles à manger, la cuisine et un petit office en bas, plus le bureau de Monsieur, les trois chambres au premier avec la salle d'eau et une salle de jeux, et, au second, tout en haut, perchée comme un pigeonnier, ma petite chambre, indépendante. Je dis : « Je peux commencer demain », puisque tout me convenait. Je voyais que Nanie énervait sa mère qui la prenait dans les bras où elle se tortillait, elle faillit même nous faire tomber dans l'escalier. « Qu'est-ce que Juliette va penser de toi ? » Juliette, elle pensait : avec moi, ça ne se passera pas comme ça ! Mais je ne dis rien, évidemment.

Sur le perron, la jeune dame me tendit la main : « Je suis sûre que l'on s'entendra bien, dit-elle, demain vous ferez connaissance avec les hommes de la maison. » Ses yeux brillaient en disant cela. Je fis trois pas et j'entendis : « Jiette ! Jiette ! » C'était la petite qui m'avait rebaptisée et me faisait au revoir de sa menotte. Le chien fit à peine attention à moi.

Un drôle d'animal, ce Turc. Au début, il me fit très peur. Je lui portais sa pitance au chenil, derrière la maison, contre le mur, une grande cabane confortable avec courette et grillage. Villa pour chien ! Il n'entrait pas dans la maison. Voir ce grand monstre noir sauter plus haut que lui en retroussant les babines..., j'en avais des frissons. J'en parlai à Madame que cela amusa beaucoup : « Mais non, Juliette, il vous fait des sourires ! » Se moquait-elle de moi ? J'avais vu des chiens. Mais elle avait raison : Turc « riait » de tous ses crocs quand il était content ! Ou bien : on le lâchait dans le jardin, il courait comme un fou, souvent renversait la petite ; eh bien, cette bête féroce freinait des quatre pattes, retournait en arrière, attrapait dans sa gueule le fond de culotte ou le coin du tablier et remettait la fillette d'aplomb sur ses jambes !

Je me suis installée avec ma valise et mon baluchon dans la chambre mansardée. C'était la fin de l'automne 1937 et nous avions, comme souvent, une belle arrière-saison. De la fenêtre, j'apercevais le jardin, l'allée de graviers qui tournait entre les massifs de dahlias et de chrysanthèmes, les marronniers, le noyer et le platane qui se déplumaient. La petite gambadait sur la pelouse, ramassait une à une les feuilles colorées dont elle faisait des bouquets qu'elle posait, puis oubliait. Un jardinier venait trois fois par semaine. Quand je vis les garçons pour la première fois, ils l'aidaient à faire un tas de feuilles et de marrons pour les brûler. Deux garçons en culotte courte et chaussettes de laine. Jean, l'aîné, avait onze ans, il était doux et raisonnable, un peu maigrichon, un peu mélancolique et très serviable. Paul, huit ans, était plus remuant, fripon et trop gâté par sa mère. Bel enfant joufflu et fort, le contraire de l'autre. Mais les deux frères s'entendaient bien, ils couchaient dans la même chambre et chahutaient tant et plus.

Paul n'arrêtait pas d'agacer sa petite sœur et ce serait la même chose toute sa vie...

Les premiers temps, quand on arrive dans une maison, il faut se faire tout petit avant de pouvoir juger son monde. La confiance vient ou ne vient pas, mais ça prend des jours. Je faisais mon travail le mieux que je pouvais et j'observais. Les enfants n'étaient pas « mal » élevés, mais leur mère leur passait trop de choses, elle ne savait pas dire non, d'ailleurs, elle semblait ne vivre et ne respirer que pour ses enfants. Une maternelle comme elle, je n'ai jamais vu ! Quand son Paul faisait les quatre cents coups, elle lui trouvait toujours des excuses ; avant de sortir le martinet — pour ne pas s'en servir, en plus —, il fallait qu'il ait dépassé la mesure. Avec moi, je ne peux pas dire, les enfants étaient corrects. Leur mère surveillait, en principe, leur langage et je ne me laissais pas mener par le bout du nez. Pour eux, je n'étais pas « la bonne », j'étais « Juliette », ou plutôt « Jiette ». Cela dit, Madame, tout en étant délicate et gentille pour moi, tenait tout de même aux distinctions. Cette vieille histoire de torchons et de serviettes a dû être inventée dans les offices et on y revient sans se lasser...

Pour dire : un jour, j'avais eu mon après-midi et je revenais de Lyon. Madame était occupée dans le salon à prendre des mesures avec un artisan pour de nouveaux doubles rideaux, je crois. Nanie trottinait par là, elle était à croquer, toujours bien habillée, guimpe blanche, tablier frais pour protéger sa robe, chou dans les cheveux. Je m'approche pour l'embrasser. Cette sacrée gamine s'est reculée en disant, pointue : « Maman m'a dit de ne pas embrasser les gens qui ne sont pas de la famille. » Un peu éberluée, je le raconte tout de suite à Madame qui me répond simplement : « C'est qu'elle a bien retenu sa leçon. » On a beau dire, ça m'a fait de la peine. Mais je n'en voulus à personne...

Je raconte cette histoire à ma sœur, le 7 février 1984. Anne ne s'en souvient pas, mais je vois ses yeux pâles s'embuer. « Pauvre Juliette ! Quand elle est arrivée à la maison, nous avons dû être très distants. Maman nous avait enseigné l'art de nous comporter avec les " petites bonnes " qui l'avaient précédée. Discrétion, distance, vouvoiement... Te rends-tu compte que j'ai vouvoyé Juliette jusqu'en 1971. Le lendemain de la mort de Maman, Juliette s'est mise en colère : " Ça va continuer encore longtemps ! Tu ne crois pas que tu pourrais me dire ' tu ', à présent ! " »

... Dans le fond, ta mère, c'était une gentille petite dame, elle essayait d'avoir des principes et de les appliquer à ses enfants. Ce n'était pas facile tous les jours, je m'en aperçus bientôt : du côté paternel, elle n'était pas très aidée...

Vivre la vie d'une famille du matin au soir et du soir au matin, laver son linge, ramasser ses miettes, faire chauffer sa soupe ou sa tisane, sécher les larmes des gosses, mais aussi deviner des larmes ou des mots plus hauts que d'autres à travers les portes..., à force, même sans le vouloir, on finit par apprendre des choses, parfois bonnes à connaître et parfois non.

Monsieur n'était pas souvent à la maison. Quand il s'y trouvait, on le remarquait parce qu'il avait la voix forte et qu'il était toujours pressé, surtout pressé de repartir, apparemment. De l'allure, plutôt bel homme, le visage sévère. Avec moi, poli, très poli. A peine trois semaines après mon arrivée, il dit à Madame de m'augmenter de vingt-cinq francs. Jamais, lui dit-il, ses chemises n'avaient été si bien repassées, le ménage si bien fait et la cuisine meilleure. Je donnais satisfaction... Il avait remarqué que la maison marchait mieux, pardi, je ne jouais pas à la poupée. Il ne jetait plus ses chemises au nez de Madame en lui criant : « Si la bonne n'est bonne qu'à faire des faux plis, tu peux les repasser toi-même ! » J'ai su ça après. Il voulait deux chemises par jour, des blanches, avec manchettes. On les lui fit. Sans faux plis.

Ce n'était pas un homme commode. Il arrivait toujours en coup de vent, généralement la nuit dans sa Citroën noire. Je dormais depuis belle lurette. Je ne sais pas jusqu'à quelle heure elle veillait, en tout cas elle se levait tôt le matin pour le départ des garçons. Plusieurs fois, je lui dis : mais laissez donc, je suis là, reposez-vous. Non, elle ne pouvait se passer de les voir le matin, de les embrasser, de les regarder partir au portail, puis disparaître au bout du chemin. Lui se levait plus tard et s'enfermait dans son bureau jusqu'à onze heures, avec une cafetière. On l'entendait hurler dans le téléphone, nous devions marcher sur la pointe des pieds, et Madame avait du mal à tenir la petite qui adorait son père et le réclamait. Parfois elle réussissait à entrer dans son bureau, à grimper sur ses genoux, s'il avait deux minutes. Il filait avant le déjeuner au volant de son cabriolet, son épouse refermait le portail, la petite pleurnichant à ses trousses. « Papa s'en va toujours, il ne revient jamais. » C'est devenu une parole historique dans la famille.

J'avais su par Ninon que cet homme-là était très intelligent. Ingénieur chimiste aux usines Rhône-Poulenc, un brillant avenir s'ouvrait devant lui. Mais, depuis un an, il avait quitté sa place. Au moment des grèves de 36, il avait eu des problèmes, paraît-il, et puis, allez savoir, il s'était mis à « faire de la politique ». J'avoue qu'en entrant dans cette maison je n'avais aucune idée de ce que voulait dire la « politique ». C'est là, de la bouche de Monsieur, que j'ai entendu pour la première fois parler des « communistes », par exemple. Est-ce que je savais, moi. Cela ne m'intéressait pas. Et plus j'en entendais, moins ça me chantait.

C'est Madame qui, peu à peu, prenant sans doute confiance en moi, et parce qu'elle devait se sentir bien seule tous ces soirs de veille, me raconta des bribes de leur vie. Le minimum, elle était discrète. Il avait en effet quitté son emploi d'ingénieur, mais la direction continuait de lui verser un petit salaire — heureusement, disait-elle, sinon, de quoi vivrions-nous ? de politique ? —, cela, pour qu'il n'aille pas chez un concurrent et peut-être aussi avec l'idée qu'il reviendrait à l'industrie une fois qu'il aurait tâté de la politique... Pour ça, il était plus têtu qu'eux.

Il avait un bureau au PPF. Un certain Monsieur Doriot, de Paris, l'avait installé lui, Monsieur B., à Lyon pour « organiser le PPF dans la région lyonnaise ». De ces activités on n'avait que les échos, mais combien de fois n'est-il rentré ni le dimanche ni la semaine parce qu'il « organisait » des réunions ici et là. Pendant ce temps, nous, on se débrouillait. On ne roulait pas sur l'or, j'eus tôt fait de m'en apercevoir. Au PPF, il ne gagnait rien, il bouffait des sous. Payer le loyer, acheter le charbon, mon salaire, celui du jardinier, Madame y arrivait tout juste et, quand elle demandait une rallonge, il fallait entendre les cris ! Alors elle grattait sur tout. Toujours élégante, très adroite, elle cousait ses robes, habillait les enfants, rafistolait, faisait du neuf avec du vieux, retournait les vêtements. On n'était pas riche, mais il fallait avoir l'air « à l'aise » et, avant tout, « bien présenter » : les rares fois où Monsieur amenait des invités, il voulait pouvoir être fier de sa charmante épouse, de ses enfants si bien tenus et de la cuisinière stylée !

Il téléphonait par exemple à six heures du soir pour

annoncer trois ou quatre convives pour le dîner. Branle-bas de combat : « Certainement mon chéri, je vois ça avec Juliette », et affolement dans les cuisines ! On arrivait toujours à faire des miracles avec un peu d'imagination. Tout le monde se mettait sur son trente et un, je sortais mon tablier blanc, mon amabilité des grands jours et lançais mon « Madame est servie » pendant que les enfants pouffaient dans la cuisine ; ils avaient fait leur révérence au moment de l'apéritif, je les avais sur les bras pour la soirée, les taloches volaient, ils n'allaient pas s'en vanter. Les invités, des messieurs généralement, faisaient des ronds de jambes à Madame, débitaient quelques galanteries, puis passaient aux choses sérieuses : des parlotes à n'en plus finir, qu'elle écoutait — trônant en tête de la table, oubliée — ou n'écoutait pas. Les fromages avalés, ils posaient virilement leur serviette, se levaient : « Excusez-nous, petite madame, une importante réunion de travail », et s'enfermaient dans le bureau où je servais le café et les alcools, surtout ne pas oublier les alcools, ils donnent de l'inspiration aux hommes fatigués.

Elle allait embrasser les enfants dans leur lit. La petite s'endormait vite, mais les deux chenapans s'envoyaient les polochons jusqu'à point d'heure. Puis elle m'aidait à débarrasser. Ces réjouissances n'eurent lieu que rarement et, malgré tout le tintouin qu'elles provoquaient, la pauvre dame aimait mieux cela, j'en suis sûre, des hommes parlant et l'oubliant au milieu de la fumée et l'euphorie du bon vin, plutôt que le silence d'une maison délaissée.

Le lendemain matin, je rangeais les bouteilles vides, ouvrais grandes les fenêtres pour faire partir un tant soit peu l'odeur tenace des cigares que Monsieur affectionnait.

Les mois passaient chemin des Cerisiers, la vie ne changeait pas beaucoup. Monsieur partait, Madame attendait et tricotait. Ce que cette femme a pu tricoter dans sa vie. Moi, j'entendais et me taisais. On ne me demandait pas mon avis, de toute façon, à l'époque, je n'en avais pas.

L'activité du PPF dans la région devait s'amplifier. Monsieur organisait de plus belle et ses réunions faisaient de plus en plus de bruit. Je le comprenais indirectement : au nombre des mégots le matin, aux éclats de voix dans le téléphone, aux journaux qui traînaient par là, *l'Émancipation nationale,* « organe du parti », comme c'était écrit, et *l'Attaque,* le journal de Monsieur... Ce titre lui ressemblait, tiens, c'est vrai, toujours sur le point d'attaquer, nez en avant, sourcils froncés, comme son chien noir et sa Citroën noire. Je ne lisais pas ces journaux, je parcourais les titres et c'était un peu toujours la même chose : tout allait mal en France, il n'y avait que le PPF qui pourrait nous arranger ça... « PPF vaincra. »

Les gens devaient le croire puisqu'ils venaient de plus en plus nombreux aux réunions. Ça, on le savait par Ninon, quand ces dames se réunissaient pour prendre le thé. Son mari aussi était inscrit au PPF. Beaucoup plus au courant que nous, Ninon s'activait et suivait ça de près. Tout excitée, elle arrivait et racontait : « Untel a pris la parole, un autre, des cris, des applaudissements, PPF vaincra, Albert a fait un grand discours, et patati et patata, Alice, tu devrais venir... » Elle aurait bien voulu l'entraîner. Alice restait rêveuse. Elle avait peur. Et lui ne voulait pas qu'elle participe, de près ou de loin, à sa vie politique. Il la voulait à la maison. Sa femme et ses enfants d'un côté, à l'abri entre des murs et un jardin tranquille, et « la politique » de l'autre, avec tout ce qui s'ensuit... Entre les deux : Monsieur ! Comment veux-tu mener une existence pareille ! Bien sûr, à ce moment-là, je trouvais, moi aussi, qu'il était dur avec elle. La laisser à l'écart, ainsi. Des années plus tard, j'ai compris qu'il avait eu raison, c'était même la seule chose que j'approuvais vraiment chez lui. Au moins, elle n'avait pas trempé dans ce marécage. Rien à regretter ni à se reprocher.

Les hommes qui font de la politique, passe encore, mais les femmes, une horreur ! Je parle de cette époque-là, évidemment, je ne parle que de ce que j'ai vu. Une fois, une petite fois, j'ai eu un aperçu du cirque et je te jure que j'ai pris mes jambes à mon cou. Sans le dire à personne — c'est tombé comme ça, mon jour de congé —, je suis allée en douce à une de leurs réunions avec discours, drapeaux, fanfares et tout le saint-frusquin. En restant bien au fond, avec un béret jusqu'aux yeux. Doriot était à Villeurbanne, je ne sais plus la date, fin 38 peut-être. Il avait une drôle d'allure, ce gros bonhomme, mais une chose pour lui : il savait parler aux foules. Je n'ai pas saisi un traître mot de ce qu'il a déclamé, mais la foule, je l'ai observée, surtout les femmes, et je peux te dire : pas beau à voir. Visages tordus, bras tendus, agitées, indécentes, en extase, les bourriques ! Elles en perdaient presque leur chapeau, pour ne pas parler d'autre chose... Ça m'a dégoûtée, ces cris, cette folie dans les regards..., froid dans le dos. Je me suis éclipsée avant la fin, honteuse, en me disant que Madame était aussi bien à tricoter sous son abat-jour.

Monsieur annonça un jour que M. Doriot ferait un tour à la maison après un Congrès des délégués de la région lyonnaise, au cours duquel il prendrait la parole. Le « grand Jacques » amènerait quelques camarades, ce serait sympathique, le chef voulait, dit Albert, connaître la petite famille. Il faudrait préparer une collation — pas trop petite car M. Doriot avait une bonne descente — et lui, Monsieur, s'occuperait la veille des boissons.

Il faisait beau. La table était installée dehors sous les tilleuls avec sa nappe blanche, les chaises de jardin — Doriot faillit en casser une, tu imagines la gaieté générale —, les pyramides de sandwiches au poulet, des saucissons, des tartes et que sais-je encore. Ces messieurs n'ont rien laissé. Ces dames non plus, d'ailleurs, car les épouses étaient là : du beau linge, du bien-vêtu, des chapeaux dernière mode et des gants beurre frais. Tout ce monde était très gai après un moment, M. Doriot bien aimable avec une Alice dans ses petits souliers : pour une fois qu'elle était de la fête. Les garçons se tenaient tranquilles, un miracle, intrigués par ces gens sérieux qui riaient comme des fous, et la petite, sans façon, installée sur un genou du grand chef, picorait dans son assiette. Un vrai tableau de famille. Où cela menait-il, mon Dieu, est-ce que quelqu'un aurait pu le dire ? On le saurait assez vite...

Cet été-là, celui de 38, je fis connaissance avec les parents de Monsieur qui venaient de se faire construire une grande maison en Seine-et-Marne. Le père n'avait pas l'air plus commode que le fils, mais la dame, une vraie douceur. Ces hommes-là avaient bien de la chance d'être tombés sur des femmes pareilles... Cette fois-ci, on ne resta pas longtemps, Monsieur et Madame me laissèrent avec les enfants pendant qu'ils faisaient tous les deux un petit voyage en Bretagne, en passant chez les Doriot qui avaient une maison quelque part par là.

La vie reprit au Chalet. Je n'arrive toujours pas à comprendre comment un homme sain d'esprit, intelligent et plein d'avenir, abandonne sa situation, délaisse son foyer pour aller courir la politique comme on court la gueuse. Il était de moins en moins là et, quand il était là, il ne fallait pas le déranger. Tout le monde filait doux, il ne voyait personne, ne posait pas de question, se préoccupant uniquement de ses affaires. Il ne savait pas ce qui se passait chez lui, il n'avait pas le temps. Quand les garçons revenaient de l'école avec de mauvaises notes, leur mère tremblait : « Il ne faut pas montrer cela à votre père, il serait fâché. » Tu penses, il aurait été obligé de les gronder ! Il fallait éviter à tout prix ce nouveau sujet d'énervement. Ma foi, il ne s'occupait pas de ses gamins.

… « Je me souviens, m'a dit Anne, de la cuisine de Tassin et des attentes quand le dîner était prêt. " Plus rien à faire qu'à se tourner les pouces ", disait Juliette. Cela la rendait folle d'avoir préparé un repas et de ne pas le voir disparaître dans les gosiers " pendant que c'est chaud, pendant que c'est bon ". Les plats réchauffés, selon elle, ne valaient rien, ils " reutnaient " et finissaient par ressembler à n'importe quel " ragueuillon ". Lasse de s'énerver, Juliette tirait une chaise, s'asseyait en soupirant " cheut' te don ". Alors, je sautais sur ses genoux et on chantait des chansons… Elle m'apprit toutes les chansons qu'elle fredonnait depuis sa jeunesse, de l'inévitable *Tout va très bien Madame la Marquise,* jusqu'à *Caroline, mets tes p'tits souliers vernis, ta robe blanche des dimanches, et ton grand chapeau fleuri…* Sans oublier *Les moutons blancs blancs blancs et roses* et *Le petit cochon qui devint le roi des habillés de soie.*

» Devant la fenêtre, il y avait un jasmin qui embaumait... Juliette se souvient-elle qu'un jasmin embaumait devant la fenêtre de la cuisine, quand elle me chantait des chansons ? Je la revois aussi, penchée sur l'appui de la fenêtre, en train de lui parler, car les plantes connaissent leur monde, et de démêler maternellement ses branches folles... »

Il rentrait de plus en plus tard, mais il rentrait. Les enfants étaient couchés, leur mère veillait. Je faisais ma vaisselle. Je l'entendais jouer du piano, puis elle s'arrêtait. La musique la gênait-elle au bout d'un moment, l'empêchant de guetter les bruits du dehors, d'entendre le chien gémir ou le moteur de la Citroën ? Elle prenait son tricot... Quand je venais la voir au salon, une fois ma vaisselle finie et rangée, le réveil remonté, elle me regardait de ses grands yeux pensifs :

— Vous montez déjà vous coucher, Juliette ?

— Oui. Il est tard et je suis fatiguée.

Elle soupirait.

Après, ça a été la guerre, de toute façon.

On sait, on ne sait pas, on en parle, mais on ne s'y attend jamais. Quand j'étais partie en congé chez ma mère, cet été-là, j'avais laissé une valise prête au Chalet avec des affaires d'hiver. Monsieur, qui était un peu plus au courant que nous autres, avait dit : « S'il y a la guerre, il ne faut pas rester à Lyon... » Alors j'étais partie en disant : « Si ça va plus mal, si vous ne savez pas où aller, venez chez ma mère, on s'arrangera. » C'est comme ça qu'à la fin de l'été 39 je les ai vus débarquer, Madame et les trois enfants, posés par Monsieur, toujours pressé. Elle n'avait pas oublié ma valise.

Albert B. n'aurait pas eu besoin de partir à nouveau, de partir si loin, de les laisser un peu plus. Mais pour la « bonne cause », depuis que le monde est monde, les hommes s'en vont pendant que les femmes tricotent ou pleurent, c'est selon. Père de trois enfants, Albert B., « affecté spécial au titre d'ingénieur chimiste », aurait pu obtenir un poste de direction à la poudrerie de « la Belle Étoile » à Fezzin. Mais ce n'était pas pour lui, ce qui allait de soi n'était jamais pour lui ! Il voulait partir, se battre, fier d'être soldat et français... Après de multiples démarches, « ne cachant pas son appartenance politique, au contraire », il fut enfin mobilisé, le capitaine B., comme volontaire. A Pâques ou à la Trinité, nul ne savait quand reviendrait.

Elle ne l'attendrait plus tous les soirs, mais dans les nuits de solitude, du fond de ses insomnies, imaginerait des retours. Supporterait-elle mieux l'absence du soldat que celle de l'homme engagé sur une voie, pour elle, obscure? Se sentirait-elle solidaire des autres femmes, cette nouvelle attente serait-elle plus « normale » ? Comme il semblait « normal », avec la guerre à la porte et menaçant les villes, de se réfugier à la campagne et que cette campagne se nommât Juliette ?

Un jour, la Citroën noire, couronnée de valises, de paquets, longe le bord de Saône et s'arrête devant la petite grille, le jardin, la maison rose de la veuve Françoise Perrin née Perrault. Tout le monde descend, Paul, Jean, Anne avec son col blanc et son nœud dans les cheveux, Madame au bord des larmes, Monsieur en militaire et le chien Turc, le premier à embrasser Juliette.

— Nous voilà ! Ma pauvre Juliette !

— Que voulez-vous, Madame, on se serrera. On n'a pas le choix. C'est la guerre... Et voici ma mère.

Alice regarde Françoise. C'est bien la mère de Juliette, ce visage rond, pommettes luisantes, cet air de malice et d'entêtement à la fois. Alice tend la main, la vieille femme hésite, s'essuie sur son tablier, puis elles se tombent dans les bras.

— Madame, il ne faut pas m'appeler Madame, je suis la mère de Juliette !

Elle rit, Françoise, il lui reste quelques dents. Nanie lui dit : « Tu piques », elle rit de plus belle : « C'est parce que je suis vieille ».

— Venez, le café est encore chaud.

Juliette aide Monsieur à décharger la voiture. Tous les deux plantés là, près de la portière ouverte, les bagages épars. Il ne dit rien, la regarde, lui serre la main, les deux mains. « Ça ira, Monsieur, on y arrivera. » Qu'il a donc du mal à dire trois mots, lui qui a la parole si facile ! « En tout cas, merci, Juliette, merci. »

Il avale son café, ne tient pas en place, refuse le marc de Bourgogne : « J'ai encore de la route à faire. » Il doit être ce soir à Rochemaure, son lieu de ralliement, et ensuite là où on voudra l'envoyer. Dieu que la maison est petite, la cuisine et deux chambres adossées à l'étable, le tout coiffé d'un immense grenier dont la toiture de tuiles rondes avance loin en auvent, ménageant une sorte de terrasse-remise protégée, comme toutes les fermes par ici. L'eau est à la pompe, à côté de la fenêtre de la cuisine, les cabinets au bout du jardin. Albert ne demande pas comment la vie va s'organiser, il a une confiance illimitée dans l'ingéniosité des femmes entre elles.

Le devoir appelle, il faut se dire au revoir. Les garçons arrivent en courant, ils ont déjà fait le tour du hameau. La petite est triste, le voilà qui part encore. Il donnera des nouvelles, dès qu'il saura où on l'expédie.

A quoi pensent-ils, tous, au moment de la séparation, là, sur le chemin, près de la voiture où Turc s'est déjà élégamment assis à côté du volant ? « A-t-on jamais vu un chien partir à la guerre ? On dirait qu'il comprend... », murmure Jean.

Françoise pense-t-elle à son Charles, à cet autre départ, pour une autre guerre ? Recompte-t-elle les années perdues, entend-elle le tambour du garde champêtre ? Et Juliette, revoit-elle les femmes en blouse, réunies là, au même endroit, devant le mur d'Orgeret, soupirant sur les deuils à venir ? Qu'est-ce qui pousse les hommes à... Non, on ne peut rien dire, c'est la guerre. Pourtant, trois enfants, il aurait pu rester tranquille. Ce n'est pas le genre. Enfin, il a du courage, après tout.

Et Alice ? Elle a peur, toujours eu peur. Depuis cette nuit où elle vit partir son père évanoui, sur une civière, emporté par deux chevaux et la voiture de l'hôpital. A peine plus grande que la petite Anne. On l'habilla de noir, on lui dit : « Ton père est au ciel. » Pendant des années, à travers la buée des larmes, elle fixa les nuages et les voûtes des églises, espérant voir descendre le visage souriant de son père, pris entre deux grandes ailes, comme les angelots des fresques ou ceux, multicolores, qu'elle collait dans ses albums... Serrant contre elle la petite fille, elle murmure : « Il reviendra, je te promets, il va bientôt revenir. » Son père était mort juste avant la guerre de 14, sa mère avait été une jeune veuve ordinaire. Alice ne se sentait pas le cœur à devenir une veuve de guerre, ça non. « Il reviendra. »

Au revoir... A ses oreilles maintenant, ce chant lugubre *Ce n'est qu'un au revoir*, ce chant fait pour pleurer, pour enterrer les morts présents ou à venir, ce chant qu'elle ne pourrait bientôt plus supporter. Hymne des départs, prélude à la mort.

Il se met au volant. La peur ne la quittera pas. Elle ne le montrera pas, on dira : « Cette femme a du cran », on la citera en exemple : « Si vous saviez... ». « Pars vite, dit-elle, ne te retourne pas. » La voiture démarre. Un dernier regard alentour. La campagne si calme, limpide. La Saône au bout des prés où flânent les vaches, le chemin de halage entre les arbres, les roseaux immobiles, les hauts peupliers qui semblent, dans le tiède silence de l'après-midi, retenir le chant des oiseaux. Les bruits n'arriveront pas jusque-là, pense-t-il, je peux partir tranquille.

Ta mère. Typiquement ta mère. Elle voulait le voir. Avant qu'il disparaisse sous d'autres cieux. Le voir pour elle toute seule, sans les enfants. Jamais elle n'était seule avec lui. Tu comprends, elle était folle de cet homme. Et malheureuse.

Quelques jours après son départ d'Arciat, une lettre est

arrivée pour annoncer qu'il partait pour la Syrie deux jours plus tard. Il écrivait — mais franchement, on se demande... — qu'il aurait aimé « les » embrasser avant de partir, mais qu'il n'aurait pas le temps ; des femmes d'officiers étaient bien venues à Rochemaure, mais il trouvait que ce n'était pas leur place... Je te jure. En post-scriptum, il ajoutait qu'on lui laissait emmener Turc.

Ta mère. Elle était folle. Pleurait tant qu'elle pouvait. « Enfin, Juliette, il ne m'aime pas ? » Que pouvais-je répondre ? « Elle en a gros sur la patate, ta petite dame », disait ma mère. Elle s'est démenée. Téléphonant de la poste, elle réussit à le trouver, je suppose qu'elle avait préparé sa phrase, lui n'a pas pipé, tellement sidéré. « Je serai demain à Rochemaure, je veux te voir, je t'aime. » Signé : une femme d'officier. Rose d'excitation. « Vous avez bien raison, Madame, allez-y, lui a dit Françoise, quand on peut encore... »

Que veux-tu, ta mère. Elle y est allée. Ils n'ont même pas passé la nuit ensemble. Elle est revenue en larmes, mais, au moins, elle l'avait vu. Pour elle toute seule. Essayant de sourire : « Maintenant, on peut commencer à rayer les jours sur le calendrier. » Elle était comme ça, ta mère.

Ailleurs, la guerre se déploie. Loin des bords de Saône, du pont d'Arciat et du petit jardin d'herbe et de roses pris entre ses deux murs de pisé. C'est encore l'été. Comme une trêve dans les saisons. Inquiétude en sourdine, on attend, on se coule dans le rythme de cette plate campagne. On vit au jour le jour, soulagé que le jour existe pleinement en lui-même, par les tâches qui s'y inscrivent, que seuls la hauteur du soleil à l'horizon, la rosée du matin ou le vent dans les peupliers le fassent différer de la veille.

La veuve Perrin, devenue d'emblée « Mémé Françoise », adopte avec le plus grand naturel cette famille tombée du nid. Sans aucune arrière-pensée, elle pratique le partage, cette habitude que les paysans pauvres n'ont jamais eu à prendre, ils naissent avec : si tu as du pain, romps-le pour en donner à plus pauvre, il t'en restera toujours assez et, si tu as le bonheur d'avoir un toit, il y aura bien un coin de tuiles pour abriter ton prochain. Les repas de midi sont pris dehors, sous l'auvent. Debout, Françoise coupe le pain pour la tablée, en tenant la miche contre sa poitrine. Le soir, on se tient à la cuisine autour de la table, on bavarde, des voisines se joignent aux veillées improvisées, on échange les nouvelles glanées ou bien l'on se tait laissant malgré soi les échos de la guerre remplir les silences. L'horloge palpite sous sa veste de bois, toc, toc, et cogne, doucement, tandis qu'une mouche grésille sur le ruban jaune déroulé du plafond et que l'on regarde ses mains au creux du tablier. Quand dix heures sonnent, Françoise dit : « On va se coucher », elle dans sa petite chambre, en haut de son lit de bois sous la couette rouge, Juliette et la famille dans l'autre et unique pièce transformée en dortoir. Parfois, Juliette entend des pleurs silencieux, puis elle s'endort. Alice, les yeux ouverts, loin dans la nuit, tente d'imaginer les murailles d'Alep, un galop de cheval, le cri d'une hyène dans la nuit de sable…

Elle se lève aux aurores, fait sa toilette en frissonnant, enfourche le vélo de Juliette pour aller prier à la première messe, à Cormoranche. Quand elle revient, Françoise, déjà active au ménage, va et vient silencieuse entre dehors et dedans, avec son seau et ses balais. Le café est au chaud sur un coin de la cuisinière, Juliette l'attendait. Les enfants dorment encore. Les deux femmes, assises côte à côte, prennent leur déjeuner, puis se parlent à voix basse, les mains reposant sur la toile cirée. Une journée commence. Bientôt les enfants riront en s'éclaboussant à la pompe, courront sur le chemin où s'envole la brume aspirée par un soleil automnal.

Les heures doivent passer. Tuons les heures. Il y a du travail pour tout le monde. On accompagne les travaux des champs. Quand ils ne courent pas les prés, les vaches, à la suite de leurs nouveaux compagnons, le Roland, le Maurice, ceux de Prolonge ou bien le petit Charles, fils de Germaine, les enfants aident, ici ou là, revenant le soir fatigués, de la paille plein les cheveux, assis avec les fourches au sommet des charrettes qui ramènent le foin.

Clémentine Barbet, la cousine des Croisettes, et son mari Henri se souviennent que, chez eux, Alice était venue faner. « Elle aimait ce travail et s'y prenait comme si elle avait fait ça toute sa vie. Le midi, elle restait manger dans les champs, riait et s'amusait avec nous autres… »

On ne savait pas ce qui allait se passer. Cela pouvait durer bien après l'été. Alice loua une petite maison au village, sur la place, tout près de l'église, à côté de l'épicerie fine de Mme Desroches. Depuis les fenêtres, on voyait le jet d'eau. Elle appartenait aux Gonneau, les bouchers. Grâce à un ami de Lyon, elle organisa un petit déménagement pour transporter de Tassin à Cormoranche le mobilier indispensable, du linge, de la vaisselle. On mit Jean et Paul chez les Lazaristes à Mâcon et la petite Anne à l'école libre du village. Elle avait cinq ans et adorait ses sabots de bois pointus avec leur fleur sculptée et leur lanière de cuir.

Jusqu'à la Toussaint, le temps fut clément. De belles journées pâles s'étendaient au-dessus de la Saône et des prés jaunissants, de ces journées que l'on croit gagner sur l'hiver à venir, quand le soleil, mince espoir, fait cligner des yeux à l'heure du café. Puis Françoise sortit sa pèlerine d'hiver : les soirées fraîchissaient.

Les nouvelles de la guerre étaient grises. De mauvais bruits circulaient au nord comme à l'est, à croire que l'on aurait été bien mal préparés à combattre l'Allemand. Dans les foyers, on en parlait le moins possible, on avait peur. On ne pouvait s'empêcher de penser aux enlisements de « la dernière » et, quand les vieilles femmes en noir passaient devant le monument où s'égrenaient leurs noms de famille, elles tournaient la tête.

Alice n'a plus que la place à traverser pour aller à la messe. L'église est froide, sa prière monte au ciel en même temps que son souffle blanc. Les doigts gourds croisés sous ses gants de laine, elle mâche l'hostie distraitement sous l'œil absent du saint curé d'Ars, suppliant, parmi tous les saints, le premier qui voudra bien l'entendre, de lui faire dépêcher des nouvelles de son soldat. Celles-ci sont rares. Des semaines s'écoulent avant qu'un possible échange s'instaure. Elle apprendra avec deux mois de retard qu'atteint de dysenterie il faillit mourir, sauvé *in extremis* par un tube de sulfamides emporté dans ses bagages. Elle se sentira lésée au plus profond de son amour inquiet. Plus l'hiver s'accroche, plus étranges sont les récits de marches dans la chaleur torride, de campements cuisant au soleil, d'insomnies sous la moustiquaire. Pour les enfants, il raconte le hérisson baptisé Adolphe, grand chasseur de tarentules, et les scorpions que les hommes s'amusent à encercler de feu pour les voir se suicider... Il regrette de ne pas se battre. Elle en remercie le ciel. Ses lettres à elle, imprégnées de grisaille et d'humidité, lui apportent-elles un peu de fraîcheur ? Il n'en parle pas.

Juliette dort chez sa mère. Le matin, elle vient sur son vélo, s'occupe du ménage, de la cuisine. Après le déjeuner, Alice, qui a pu acheter un vélo d'occasion, vient passer quelques heures chez Mémé Françoise. Des voisines se réunissent dans la cuisine, cela économise les feux. Chacune apporte son ouvrage. Alice montre les points de tricot, taille des patrons dans du papier journal, distribue des conseils, raglan, manche montée, torsades, boutonnières. Cela passe le temps, l'horloge assène les heures, Françoise fait du café quand elle en trouve. Et la « frivolité » ! Alice fait valser la fusette en écaille entre ses doigts, une ribambelle de petites bouclettes, de fleurettes, se déroule. On l'admire, elle rit : « Essayez », personne n'y arrive. « Elle a des mains de fée, dit Juliette, moi, jamais je n'aurais la patience. » Le soir tombe. Il faut rentrer. Les mains s'engourdissent sur les poignées du guidon.

Le samedi, les garçons viennent de Mâcon. On va les chercher à Crèches et, le dimanche, avant d'aller déjeuner en famille à Arciat, on se retrouve tous à la messe. Pendant plusieurs semaines, Alice a remplacé la dame de l'harmonium, malade. Elle chante, on lui trouve une jolie voix. Un jour, elle entonne l'*Ave Maria* de Schubert et croit qu'elle n'arrivera jamais au bout. Peu à peu, elle se sent adoptée par le village.

La Saône, cet hiver-là, ne fut pas trop hardie, elle n'entra pas dans les maisons, se contentant de lécher les clôtures. Dès que le printemps pointa le nez, Juliette s'acharna sur le jardin, il fallait nourrir cette famille. Chacun s'occupait de soi, à la campagne, au moins, on avait la terre, qu'aurions-nous fait à Lyon, grand Dieu ? Alice prenait la main de Françoise et la baisait : « Sans vous, sans vous... — Pensez don', c'est rin », disait la Mémé en se mouchant.

Ta mère. Elle était drôle quand j'y pense. Si à l'aise chez nous. Entre ma mère la bourrue dans sa petite maison et la Saône qu'elle allait regarder en flânant, par tous les temps. Elle disait : « Les péniches qui glissent, l'eau qui file sous le pont, ça m'apaise. » Je n'aimais pas trop sa mélancolie, j'allais à sa rencontre, mais ta mère, ce n'était pas du genre à tourner le dos à la vie. Elle le disait : « Je suis bien chez vous, si ce n'était pas la guerre... » Et moi : « Si ce n'était pas la guerre, Madame, vous ne seriez pas ici ! A regarder l'eau couler, à tricoter au coin du feu au milieu de ces paysannes ! » Ça la faisait rire. C'est vrai. Elle aurait pu aller chez ses beaux-parents. Ils ne le lui avaient pas proposé. Le grand-père Louis supportait les enfants quand il les voyait passer derrière la grille de son parc... Lui et son épouse se gelaient dans leur château vide, là-bas en Seine-et-Marne. Ta mère leur écrivait. Tu sais, on tirait le diable par la queue. Avec la solde d'officier, on y arrivait à peine. Le grand-père faisait la sourde oreille. Mon Dieu, qu'il y tenait à ses sous ! Il répondait : « Alice, si tu n'y arrives pas, tu n'as qu'à faire des économies. » Non mais. Tu entends ça. Alors, ta mère, avec nous, elle était bien. On y arrivait. Même sans économies.

Une après-midi, nous étions, ta mère et moi, en train de gratter dans le potager. Il faisait doux, la terre était molle. La petite était par là, avec nous, à crotter ses sabots ou à cueillir les premières violettes. Tout à coup, un gosse du Fleubard arrive en courant : « Madame, madame ! Venez vite, c'est la Mémé qui m'envoie. Il y a un gendarme qui vous cherche ! » Alors là. Il ne manquait plus que ça. Ma première idée : n'y allons surtout pas. Mais ta mère se précipite, affolée, pensant à un malheur, moi à ses trousses. On tourne le coin et qu'est-ce qu'on voit ? Un chien noir nous foncer dessus. Turc ! Qui me saute dessus et me lèche la figure. A me renverser ! Et puis juste après, à la grille, ma mère, toute petite et noire, à côté du « gendarme », tu as deviné : ton père ! Bien sûr, avec son képi de capitaine, ses bottes, sa vareuse, le gosse l'avait pris pour la maréchaussée ! Nanie a déjà sauté dans ses bras, enlevé son képi pour s'en coiffer, elle lui touche les joues : « Tu piques. » Il a maigri et laissé pousser un collier de barbe. Ça lui va bien. Sa femme, plantée à trois mètres, le regarde, des larmes plein les joues. Ma mère se mouche et dit, pour dégeler l'atmosphère : « Alors quoi ! embrassez-vous, crénom de nom ! »

En permission pour quelques jours, il annonça déjà qu'ayant à faire à Lyon il repartirait le lendemain. En voiture, ils allèrent chercher les garçons à Mâcon, lui les raccompagnerait en partant. Nous avons préparé le dîner ma mère et moi, nous mettant en quatre pour qu'il soit content et passe une bonne soirée en famille. Il avait l'air fatigué. Les gosses, pendus après lui, le bombardaient de questions. « Je suis un peu dépaysé, disait-il, allons nous coucher. »

Quand j'arrivai au village le lendemain matin, je trouvai ta mère dans la petite chambre, assise sur le lit, à fixer la fenêtre.

— Vous ne trouvez pas, Juliette, que j'aurais pu l'accompagner à Lyon ?

Gênée, je ne sus quoi dire et me mis à laver les bols du petit déjeuner. Je pensais qu'il aurait mieux fait de ne pas venir du tout.

Mai 1940.

On allait vers les beaux jours. Mais la guerre tournait mal et la peur est arrivée en rampant jusque chez nous. Au nord, à l'est, les Allemands avançaient. On écoutait la radio avec l'impression qu'ils entraient au pays comme chez eux, en poussant des portes ouvertes, en enjambant les meubles, sans trouver de résistance... Tout le monde se sauvait au contraire. Venant du nord, les premiers fuyards sont arrivés dans nos régions début juin, en racontant des horreurs. C'était la débâcle, une grande vague débaroulant sur la France. Où couraient-ils tous ces pauvres gens ? Avec dans leur sillage, aurait-on dit, Attila et les Huns ? Pouvions-nous imaginer que nous serions prises de la même frénésie ? Ma mère tournait dans la maison, astiquant tout et marmonnant : « Pourquoi qu'y foutent tous le camp, y vont pas nous bouffer quand même. » Dans la panique, les gens racontent n'importe quoi. On parlait de la défaite, on entendait aussi qu'« ils » allaient tout faire sauter, que, déjà, ils pillaient, violaient, égorgeaient les enfants... On commençait surtout à voir ce cortège descendre la route à Crèches. Voitures, vélos, charrettes à chevaux, landaus d'enfants, tu n'imagines pas. Certains, épuisés, s'arrêtaient dans les champs, leur voiture en panne, les gosses malades. Ils venaient jusque chez nous mendier du lait, des œufs. C'est eux et leurs fausses nouvelles qui ont fini par nous rendre folles, ma mère, ta mère, les cousines, les voisines, le hameau, le village, tout le monde... Je ne sais plus laquelle a dit : « On part, on s'enfuit, on se sauve... » On ne savait même pas devant qui on se sauvait, on suivait le troupeau.

Un matin, le bruit a couru : « ils » vont faire sauter le pont d'Arciat. Alors, ce fut comme s'il en allait de notre vie de traverser la Saône. Le hameau fut en ébullition. On s'est tous retrouvés chez ma mère et on s'est mis à faire des paquets, à sortir ce qu'on croyait important de ne pas laisser. Nous et les Prolonge. Germaine Prolonge — son mari était à la guerre — a proposé son cheval et sa charrette. On a entassé des matelas, des couvertures, des vêtements, ta mère a pris ses bijoux, la mienne n'en avait pas ! Moi mon vélo et puis tous les vivres qu'on pouvait : deux sacs de pain, un jambon, des saucissons... Sauve qui peut. Où ? On pensait vaguement à la Bourgogne, en tout cas plus loin, de l'autre côté...

On a assis ma mère et la petite sur la charrette. Les garçons et ceux de Germaine portaient des sacs à dos. Tes deux frères avaient leur chapeau scout, leur foulard et leurs écussons. De vrais petits soldats qui, enfin, s'en allaient en guerre ! Les gosses étaient contents. Quelle folie. Tout Arciat levait le siège. La mère Plassard, la maman de Germaine, ne voulut rien savoir, elle ne voulait pas quitter ses chèvres et nous invectivait en patois, elle faillit faire changer d'avis à Françoise.

La caravane se mit en branle. On entendait : « Restons ensemble, ceux du hameau, allons en Saône-et-Loire... » Bourgogne, terre promise ! Tout le monde pleurait, ceux qui partaient et les rares qui restaient. Le temps était magnifique, bleu et brillant. Au moment de quitter le chemin pour arriver à la route du pont, on s'est retournés vers le hameau. Voir nos maisons toutes seules, fermées, nous fendait le cœur. Nanie serrait sa poupée et tenait la main de la Mémé, répétant de sa petite voix : « Pourquoi tu pleures ? On va se promener. »

On s'est retrouvés avec ceux du village, on a traversé le pont. Tout à coup, personne ne parlait plus, une longue file de silence sauf le bruit des roues, des essieux, on devait tous penser qu'il ne ferait pas bon plonger dans la Saône avec notre bazar...

De la maison jusqu'à Crèches, où passe la nationale, deux kilomètres au plus, on a bien dû mettre trois heures pour les faire. La route, on ne l'a même pas touchée, tellement elle était encombrée de véhicules, de gens, de bêtes, de misère. Notre convoi fut stoppé là, avant le croisement. On entendait des cris, un brouhaha invraisemblable. Il devait se passer quelque chose. Deux hommes de Cormoranche ont dit : « Ne bougez pas, on va aux nouvelles. »

Cela pouvait prendre un certain temps. Quelqu'un a dit : « Si on mangeait un morceau, ça nous donnerait du courage. » Tu aurais vu ce pique-nique ! Sur le bas-côté, dans les prés en bord de route, les paniers se sont ouverts, les torchons se sont étalés sur l'herbe. Affamés, d'actionner nos mandibules nous détendit un peu. Quelques bouchons ont sauté. Il y en a même un, le Fleubard, qui emportait son tonneau ! Un homme est venu offrir du vin à ta mère, je l'ai vue tendre le gobelet des scouts et boire cul sec. « Ça va mieux, dit-elle. » Des plaisanteries fusaient : « A ce rythme-là, on n'ira pas loin... — On aura du mal à marcher droit... — Profitons-en pendant qu'on peut... »

Les deux du village sont revenus, gesticulant, hurlant : « Changement de programme ! Le Maréchal nous dit de rentrer à la maison ! » Deux hommes à cheval, moitié gendarmes, moitié soldats, tout tachés de poussière, remontaient le flot de nos carrioles en s'égosillant : « Rentrez chez vous, bonnes gens, ne craignez rien, on signe l'armistice ! Rentrez chez vous, si vous tenez à la vie ! »

On ne se l'est pas fait dire deux fois ! On a rebroussé chemin, ce qui n'était pas de tout repos, criant, pleurant, se disputant, dans une pagaille..., je ne te dis que ça, mais le feu au cœur ! On rentrait à la maison, on était sauvés ! Écoute, ma petite, ce qu'on était heureuses !

Le retour nous a pris l'après-midi, on s'en moquait. Quand on est arrivés à la grille, devant la maison close et calme, on ne savait pas si on allait rire ou pleurer. La Mémé Plassard embrassait sa fille et ma mère comme si elle ne les avait pas vues depuis des semaines. Nous étions épuisés par les émotions de cette journée. Nous ne pensions pas à demain, mais à la chance qui nous avait retenus à deux pas de notre foyer.

On a tout redéballé et on était si fatigués qu'avant de tout ranger de nouveau dans la maison on a ressorti les paniers, les torchons et recassé la croûte, assis sur les matelas dans l'herbe, au milieu du jardin ! Le soleil descendait de l'autre côté de la Saône, on ne l'avait jamais tant regardé. Puis il disparut derrière les collines du Mâconnais. On était toujours là. Le grand calme autour de nous, après l'orage. On est allés dormir. Jamais lit ne nous sembla si bon...

« Sans Mers el-Kébir, je ne serais pas rentré en France en 40, j'aurais rejoint les troupes gaullistes... »

Avant de lire, à l'âge de vingt-six ou vingt-sept ans, cette phrase et son développement dans des écrits de mon père, que je n'avais pas été capable de regarder plus tôt, « Mers el-Kébir » était pour moi une formule magique, mot de passe entre personnes au courant d'un événement devenu, à force d'être mystérieusement évoqué, aussi abstrait qu'incompréhensible. « Alors, il y eut Mers el-Kébir... » et l'histoire s'arrêtait là, lourde de sous-entendus. Tout ce qui venait « après » devait couler de source. Sésame-ouvre-toi prononcé devant une porte qui ne s'ouvrirait jamais.

Mers el-Kébir, drame exotique et funèbre, flottait dans ses brumes lointaines et servit longtemps, dans la famille, d'explication à l'inexplicable. On ne savait pas tout, mais cela devait être très grave pour avoir entraîné autant de catastrophes naturelles au sein d'une famille.

Dernièrement, la télévision a consacré une émission à Mers el-Kébir. Juliette lui préféra les variétés sur une autre chaîne, persuadée qu'une fois encore « elle ne comprendrait rien à la politique » et qu'elle s'endormirait devant les documents d'époque. Mais elle me la signala. « Si ton père avait vu ça... S'il savait, le pauvre, qu'on parle toujours, tant d'années après, de toutes ces choses. » Je sentis bien que, dans l'esprit de Juliette, Mers el-Kébir était resté une affaire de famille, un incident — de taille — sur notre parcours, mais totalement intégré à notre petite histoire.

Sur le moment, on ne s'était pas rendu compte de la portée tragique de l'événement. Mais après... « Sans Mers el-Kébir... » L'a-t-on entendue, celle-là ! Même Alice, plus tard, lâchait la formule, par-ci par-là, quand elle tentait désespérément d'expliquer les origines de la collaboration. S'ensuivaient mines contrites, hochements de têtes... C'est comme le nez de Cléopâtre, sans Mers el-Kébir, il aurait trouvé autre chose.

Ton père. Un homme qui ne pouvait pas prendre la vie comme les autres. Il fallait qu'il cherche la petite bête. Ou la grosse. Remarque. Il y croyait dur comme fer à ce qu'il disait. Un pur et dur. Les pires. Est-ce une excuse ? En sa faveur, on peut dire que ce n'était pas un original qui tourne sa veste pour un oui, pour un non. Honnête à sa façon. Envers lui-même. Honnête dans sa folie. Moi, à la place de ta mère... Enfin. N'en parlons plus.

Ils étaient morts sur les routes ou rentrés chez eux. Pour trouver la plupart du temps leur maison pillée, leur jardin saccagé. Au Nord, l'occupant s'installait dans les chaumières et découvrait le charme des charentaises, le soir, après avoir quitté ses bottes. Au Sud, un brave grand-père à moustache consolait ses petits vaincus en leur distribuant des bonbons patriotiques. Empoisonnés. Qu'est-ce qu'on aurait eu contre le Maréchal ? Pourquoi ne l'aurait-on pas cru ? Au point où on en était. Que voulais-tu dire, sinon : si cela peut en tuer moins qu'à « la dernière » ? On ne voyait pas plus loin.

A la fin de l'été 40, nous avons dit au revoir à la Saône, aux calmes prés, au clocher de l'église, à la maison rose et à Mémé Françoise, petite figure noire agitant son mouchoir devant la grille. On rouvrit la maison de Tassin, on réinscrivit les garçons à Lyon pour une année scolaire. C'est Henri Bonnard, le mari de Germaine, qui aida au déménagement et scia le bois de l'hiver. Quel hiver aurait-on ?

Quand on essaye de se souvenir de cette époque, on a du mal à imaginer que les saisons s'enchaînaient, malgré tout, et qu'on leur survivait. Chacun s'occupait de sa propre vie, de son feu, des salades de son potager. On courbait le dos, espérant sans doute que les orages venus d'ailleurs nous glisseraient dessus sans trop de mal, puis finiraient par se dissiper. Vraiment. On ne pensait pas plus loin. Il fallait nourrir les enfants, puis soi-même, trouver du charbon pour l'hiver. Après, on aviserait. Dieu merci, on ne se doute jamais de ce qui vous attend au coin du bois.

Albert B. est démobilisé au début du mois de novembre 40. Il rentre directement à Tassin. Les enfants sont tristes : Turc est mort. Piqué par un serpent. C'est ce qu'il raconte. On n'a pas idée non plus d'emmener un beau chien comme ça dans ces pays de sauvages. Il fait froid. On se tient surtout dans le salon, on fait des flambées dans le petit poële, une marmite posée dessus pour les bouillottes du soir. Alice s'est tricoté des mitaines afin de tricoter en ayant moins froid...

« Et maintenant, demande-t-elle, que vas-tu faire ? » Il ne répond pas, s'enferme dans son bureau, vêtu de sa grosse robe de chambre, le cou enroulé dans une écharpe. Il tousse et fume de plus belle. Pendant des jours. Il téléphone. Le matin, un jeune garçon maigre lui apporte des journaux. Quand il les a lus, Jean et Paul s'en emparent, les découpent, font des collages. Il ne sort pas. Même le soir. On n'a jamais vu ça. Qu'est-ce qu'il mijote. A table, on entend le bruit des cuillers et les anges passent.

Un soir, en allumant son cigare à la fin du repas, il s'adresse à Madame : « Dis bonsoir aux enfants, Juliette les couchera. Et viens dans mon bureau, j'ai à te parler. »

Quand elle ressort deux heures plus tard, elle vient me trouver à la cuisine. Assise sur une chaise, je tricote pour profiter de la chaleur de la cuisinière qui s'éteint doucement. Je la regarde et me lève : « Je vous fais un tilleul. » Je vois bien qu'elle a pleuré. Son nez est rouge et ses yeux plus pâles. Les poings serrés tirant sur les poches de sa veste de laine, elle s'adosse au mur et ferme les yeux. La maison est silencieuse. A voix basse :

— Monsieur part demain pour Marseille. Il va voir M. Doriot. Tout va recommencer. Lui ailleurs et nous ici. Mais ce sera pire. J'en ai peur. N'en parlez à personne.

— Pourquoi j'en parlerais, moi. Buvez votre tilleul et allons nous coucher, ça vaudra mieux.

Tout recommença en effet. Monsieur revint de Marseille et parla peu. Il avait l'air préoccupé, mais qui ne l'était pas ? C'était le mois de décembre, on gelait. Qui ne gelait pas ? Il tourna comme ça dans la maison jusqu'à la fin de l'année, sortant peu, recevant des messieurs, certains du PPF, d'autres que je n'avais jamais vus. Exclusivement entre les heures des repas. L'ambiance n'était pas aux agapes. Les conversations du bureau se faisaient sans éclats. Seule Madame attirait la foudre quand elle ouvrait — pourtant avec précautions — la porte du bureau, toujours au mauvais moment, ou quand elle risquait à table une question fatalement déplacée. Se faire rabrouer, elle préférait encore cela à l'absence. Sous le même toit, il ne semblait pourtant pas vivre la même vie que nous.

Je suis sûre qu'il aimait ses enfants, attaché qu'il devait être à l'image d'une famille dans une maison, indispensable équilibre de l'homme. Seulement, il n'avait « pas le temps ». Il fallait que ça tourne, que ça ronronne sans lui et que le mécanisme soit en bon état de marche quand il en reprenait les commandes : une femme fraîche et dispose, des enfants aimants et travailleurs, la table mise, les chemises repassées et du feu dans la cheminée. A moins que cela n'ait changé et que je ne m'en sois pas aperçue, tous les hommes sont un peu faits sur ce modèle-là, non ? Agitons-nous dans le vaste monde, menons notre vie de patachon, puis rentrons au bercail en traînant les soucis, la fatigue et asseyons le tout dans le fauteuil moelleux de la famille. Les femmes, heureusement, ont évolué, mais à ce moment-là ! Dire que Madame était une épouse modèle : un vain mot. Elle n'a jamais agi par devoir ou dévouement, mais par amour, un amour fou. Ce n'était pas un mari qu'elle adorait, c'était un Dieu ! Plus que toute autre, cette femme-là aurait mérité d'être heureuse. La vie ne l'a pas servie.

Ce fut Noël, un des seuls Noëls qu'il passa en famille. Surmontant soucis et rigueurs, Alice l'Alsacienne se sentit des ailes et réalisa des miracles avec trois guirlandes et quelques papiers brillants. Un Noël frileux et modeste : les restrictions commençaient à se faire durement sentir. Par chance, le grand-père Louis avait une combine pour nous envoyer de temps en temps des colis de victuailles. Du moment qu'on ne lui réclamait pas d'argent sonnant... La fête fut réussie, un sapin — ce qui ne se voyait chez personne dans nos régions —, des bougies, des cadeaux, un bon repas. Et toute la famille à la messe de minuit, engoncée dans tous les vêtements chauds que nous possédions.

Entre Noël et jour de l'an, Monsieur annonça que son chef, Doriot, l'envoyait en mission à Vichy pour une durée indéterminée.

On s'est retrouvées seules. Il téléphonait de temps en temps pour prendre des nouvelles. Sans parler de son activité. « Les lignes doivent être surveillées », disait Madame. Quand les enfants sont à l'école, toutes les deux, on se réchauffe à la cuisine. Le dos à la cuisinière, on discute, on écoute la radio. On se console en buvant, brûlante, une sorte de chicorée délayée qu'on appelle café.

Vichy... Vichy-Saint-Yorre, Vichy-Célestins... Que veux-tu que je te dise. On n'a aucune idée de ce qui se trame dans cette capitale pour malades du foie. Le Maréchal, statue de Verdun, et, en dessous, une poignée de garnements qui se bouffent le nez pour avoir les faveurs du pépé. Que veux-tu qu'on y comprenne, nous, dans notre cuisine, les pieds dans nos sabots d'Arciat, à tricoter les chaussettes de nos futurs soldats...

En janvier 41, Jean a quinze ans, Paul douze et Anne sept ans. C'est là que ta mère a commencé à en parler. « Un petit bébé, Juliette, un petit bébé pour moi, à serrer dans mes bras. » Elle disait d'autres choses encore, « un poupele, un maïdele, un chofele », tous ces mots alsaciens difficiles à prononcer, se moquant de moi quand j'essayais de les répéter.

— Mais, Madame, trois enfants ne vous suffisent pas ? Juste maintenant, avec un père fantôme et ces temps incertains qui nous attendent...

— Pensez-vous, Juliette, les guerres ni les catastrophes n'ont jamais empêché les enfants de naître, heureusement.

Elle m'en faisait lâcher mes mailles et, dans les chaussettes, surtout quand tu attaques le talon, c'est embêtant. Il faut me comprendre. Je n'avais jamais entendu ce son de cloche. J'avais encore dans les oreilles le chapelet de lamentations que ma mère égrenait quand ma petite sœur Germaine braillait dans son berceau. Les enfants, chez nous, on les subissait, on ne les attendait pas comme le Messie. « Un petit bébé, Juliette, un poupele à choyer, à dorloter. » Oui. Peut-être bien. Elle n'en aimerait pas moins les autres. Un petit enfant à serrer contre elle, à embrasser les soirs où elle était trop seule et qui n'aimerait qu'elle, en retour... Peut-être bien.

— Bon. Ce n'est pas tout, Madame. Attendons d'abord que le père revienne.

Albert B. fut là avec les hirondelles. Fin avril, le jardin s'épanouissait, indifférent au monde qui s'enfonçait dans la nuit. Tendant son visage au premier soleil, prenant à pleines mains les branches fleuries, Alice sentait quelque chose se délier en elle, sous sa peau et dans ses membres. Avec une semblable gratitude, imaginait-elle, les feuilles doivent se déplier à la lumière.

De Vichy, il ne rapporta ni cadeaux ni souvenirs. Sans doute une amertume d'homme déçu, il n'en parla que plus tard. Était-ce le printemps ? Était-ce de retrouver les siens après quatre mois ? Ces quelques jours entre avril et mai 41 furent comme une trêve inespérée. De Vichy, il rapporta — non parce que c'était Vichy, mais pour oublier Vichy — une lueur inhabituelle dans le regard, quelque chose qui ressemblait à une détente, à une douceur. Avait-il quoi que ce soit à se faire pardonner ? L'idée l'effleura, pourtant Alice ne chercha pas à approfondir. Il était là, d'humeur disponible. Dans le tissu d'absence qu'était sa vie, elle saurait saisir cette tache de couleur.

En ont-ils parlé ? Plus tard, en tout cas, quand le climat familial virait au lyrisme, à la fin de déjeuners éclairés au bourgogne, je l'ai entendu proclamer fièrement que ses quatre enfants, il les avait « voulus ». Albert B. n'était pas homme à faire les choses au hasard.

Il repartit le 3 mai pour Paris. Quand elle vit la voiture s'éloigner puis disparaître, Alice pensa que quelque chose avait peut-être changé. Elle ne pleura pas, sut simplement que, si l'enfant n'était pas là, en elle, il n'y aurait jamais d'autre enfant.

Le Congrès des militants de la région parisienne se tint à Paris le 4 mai. Les Services d'occupation n'avaient pas encore donné l'autorisation officielle d'activité au parti de Doriot : les négociations allaient bon train.

Moi, leur vie, je la voyais sur le visage de ta mère le matin. Il était reparti, elle ne semblait pas désespérée, ce printemps-là. Dès qu'elle eut l'espoir d'être enceinte, elle m'en parla, en secret. Elle rayonnait. Je me dis : « Cette femme est folle », mais peut-être qu'après tout elle ne peut pas vivre autrement.

Elle annonça la nouvelle à ton père quand il revint en juin pour préparer le Congrès de Villeurbanne qui eut lieu du 20 au 22 juin. Doriot en était la vedette, il eut le privilège d'annoncer à la tribune... non pas l'heureux événement, tu penses, mais la rupture du pacte germano-soviétique... Quelle époque. C'est ainsi, entre le retour de Vichy et le départ de la croisade des « Volontaires français », que tu fus conçue, mon enfant. Je me souviens qu'on fêta la Saint-Jean avec du champagne offert par le PPF et que ton père prononça cette phrase historique : « Je veux un fils qui ne soit pas vaincu », sur quoi Paul ajouta : « Si c'est une fille, on la noiera ». Tout le monde trouva cela très amusant, sauf moi.

On croit qu'on ne supportera pas et puis on survit, on passe à travers. A partir de l'automne 41, Monsieur, à Paris auprès de son chef et de ses confrères, on ne le vit pour ainsi dire plus. Les Allemands leur permirent d'avoir pignon sur rue, un bureau rue des Pyramides. On ne savait déjà pas grand-chose quand il était à Lyon...

Notre vie à nous se replia sur la maison, les enfants et ce petit à venir. On commençait à crever sérieusement de faim. Tout le monde. Les queues devant les magasins, les rutabagas, les ersatz en tout genre, tu connais le refrain.

Pour ça, on avait la ligne, la ligne occupation, pas besoin de régime. Les colis du grand-père n'arrivaient pas. C'était la mouise. Les rations étaient à peine plus importantes pour les femmes enceintes. Je m'inquiétais. Quelle allure auraient-ils ces petits de la guerre, quand on manquait de tout pour les faire dodus et roses. Il faut croire que la nature a prévu les guerres, les privations, les rudes hivers. Et puis, ils sont malins et se nourrissent mieux d'amour que de vitamines. Madame ne semblait pas se soucier des rigueurs du temps ni en souffrir. Elle chantait, tricotait sa layette et allait faire les courses à ma place, pour la priorité.

Il y eut ce froid. Un hiver terrible. De la neige, de la glace comme on n'avait jamais vu à Lyon. Pour se chauffer, c'était toute une histoire. Le charbon, une rareté. Les bonnes langues disaient que c'était un signe avant-coureur du péril rouge. Ils commençaient par nous envoyer les frimas...

Malgré tout cela, on aurait pu se tenir chaud en se serrant, attendre assez calmement la venue de notre petit Jésus. Mais il fallut que Dieu son père vint semer la perturbation avec son « fondement de siège ». Madame parlant allemand comme une Allemande, voilà-t-il pas que Monsieur, qui n'en comprenait pas un mot, eut la riche idée de lui faire traduire un livre, un gros pavé, qui s'appelait, corrige toi-même : *Fundament des Sieges* (soit *Fondement de la victoire*) et qui, pour nous autres, devint le « fondement de siège », fameux dans la famille et chez les amis de la maison, puisqu'on entendit parler de ça pendant toute la grossesse de Madame. Écoute, franchement. Il s'agissait d'un livre terriblement ennuyeux avec beaucoup de chiffres et de croquis sur la vie et le travail des ouvriers allemands. Monsieur avait rapporté cette merveille, tout fier, faisant miroiter je-ne-sais-quoi à sa pauvre femme pour qu'elle se sente motivée : les ouvriers de Hitler avaient sûrement un message vital à transmettre à leurs frères français et, grâce à

Alice, le message passerait. Est-ce que je sais. Des pages. Des heures. Il téléphonait de Paris et demandait des nouvelles de ses deux enfants en gestation : toi et le « fondement de siège » ! Quand je pense à ce qu'il lui a fait avaler... Se passionner pour la vie sociale en Allemagne alors qu'elle ne pensait qu'à une chose : tricoter assez de brassières et de chaussons pour le petit.

Eh bien, elle l'a fini son « fondement de siège », juste avant d'accoucher. Toujours pour lui faire plaisir. Des pages et des pages. Jour et nuit. Pour servir à quoi ? L'Allemagne allait gagner la guerre ? Qu'en savait-on. Des paperasses qui allaient s'accumuler sur d'autres paperasses, rue des Pyramides, et partiraient en fumée avec le reste.

Tu étais toute bleue, toute fripée, tu étais mignonne. Il ne te manquait rien, complète malgré les privations. C'était le 3 février. Lyon ressemblait à Leningrad. La maman se portait bien, aux anges d'avoir une fille. Et du lait en abondance. Un miracle. On eut le plus grand mal à atteindre le papa qui arriva le lendemain avec une bague en or et un télégramme de Doriot. Il ne fit que passer, comme d'habitude. On avait besoin de lui, ailleurs.

Je t'ai prise dans mes bras le premier jour, sous le regard jaloux de Nanie. Elle put te tenir à son tour, puis Jean et même Paul qui, comme tu vois, ne te noya pas. Tu avais de grands yeux noirs, qui te valurent le surnom de « Lactobyl » à la clinique Duquesnes.

Tous les matins, j'allais vous voir et prendre le linge. Laver les couches, les faire sécher au-dessus de la cuisinière, autour du poële qui s'épuisait dans le salon gelé, ce n'était pas rien. Tout le monde était dans le même cas. Figure-toi que Ninon attendait aussi un enfant. Elle vint à la clinique avec des fleurs, toutes raides les pauvres, et accoucha peu de temps après d'une petite fille prénommée Annick. Tu te souviens : la ravissante petite fille à côté de toi sur les photos. Elle rit toujours, toi tu fais la tête ou tu pleures. Te l'a-t-on assez fait remarquer !

Seule à la maison avec les trois enfants, je m'en suis vu. Surtout avec Paul. Quel galopin. Un jour, juste après le déjeuner, il disparaît. Je le cherche partout. Introuvable. Je n'étais pas fière. Jusqu'au moment où je reçois un coup de fil de la clinique : mon Paul s'était sauvé pour aller voir sa maman et lui dire que je ne lui donnais pas assez à manger. Pauvre chéri ! Je peux dire que je l'ai accueilli avec la fanfare et qu'il n'a pas recommencé de si tôt.

Vers la mi-février, on est allés vous prendre en taxi. Le froid tenait bon. On t'a emballée dans des couvertures avec une bouillotte. Le bonnet rose au point mousse était deux fois trop grand. Je l'ai bourré de coton.

Voilà. Tu as fait ton entrée dans la maison. Désormais, nous serions six.

1942. Le climat à Tassin-la-Demi-Lune est devenu morose. Albert, de Paris, donne des nouvelles succinctes, on ne peut pas l'appeler. Les enfants le réclament, il n'a pas le temps de descendre. Le rationnement se fait sévère. Les deux femmes se privent pour donner plus aux trois grands. Alice avale du Maltamoser, priant Dieu que sa source ne tarisse point. Juliette a de cuisants souvenirs de topinambours frits dans une huile délivrée par un pharmacien bricoleur. Où va-t-on.

Alice se distrait avec l'enfant. Gagner du temps, laisser l'hiver derrière soi, rattraper la vie en avançant dans les saisons, et sentir l'enfant croître contre son sein, préoccupée seulement de le nourrir de son lait le plus longtemps possible. Quand elle ferme les yeux et s'enroule autour de cette vie, de cette chaleur bien à elle, les soucis s'éloignent, nuages poussés vers d'autres cieux.

Juliette assure le quotidien, la routine ménagère, allège la vie de famille pour que s'épanouisse cette maternité qu'elle contemple avec étonnement. Moins sensible au charme de « lorsque l'enfant paraît », étant celle qui court les magasins vides, papote dans les queues et entend jaser les voisines, elle trouve, Juliette, que le climat à Tassin-la-Demi-Lune devient plus que morose. A la troisième sale petite lettre trouvée dans la boîte, elle se décide à noircir le ciel d'Alice. « Voilà que vous n'êtes plus " l'Alsacienne " à présent mais " l'Allemande ". » Alice ne voyait vraiment pas ce qu'on lui voulait. « Les gens ont toujours été méchants, commenta-t-elle. Va-t-on me reprocher feu mon grand-père saxon, condamné par un tribunal allemand en 1917 pour avoir caché des soldats français dans sa cave, à Mulhouse ? Allons, ce n'est pas sérieux. » Juliette haussa les épaules et se dit : elle a sans doute raison.

L'été arrivait, très chaud. A Paris, la rafle du Vel d'Hiv. « Rappelle-moi ce que c'est. » Juliette ne se souvient pas. Nous regardons dans l'album les charmantes photos de cet été-là. Sous les frondaisons, Juliette assise dans le fauteuil d'osier tient la petite sur ses genoux, crâne velu et lisse, bavoir avec barrette de baptême. Juliette sourit timidement, mince et jolie dans son pull-over à manches courtes, au col rond souligné d'un ruban de velours. Elle est entourée de la grande sœur. Socquettes blanches, jupe et tablier à bretelles volantées, et du neveu Riri, le second fils de Germaine, blouse à carreaux et béret sur ses cheveux de paille. Au fond, vigne vierge luisante au soleil et gros buisson de lauriers. Sous les photos, à l'encre blanche : « Été 1943 ». Soleil, bébé joufflu, point de tricot que l'on reconnaît sur la culotte blanche et les petits chaussons usés de s'être frottés aux draps, sourires dans un lointain et calme jardin... La guerre est ailleurs.

Ce qui m'énerve, vois-tu, ce sont les gens qui, cinq ou dix ans plus tard, venaient me faire de mielleuses réflexions, du genre : « Mais enfin, comment n'avez-vous pas... » ou « Comment avez-vous pu... ». Sur le moment, que veux-tu faire, dire ou même penser. Je n'étais pas une fille très instruite. Tombée chez ces gens-là, chez vous, une famille ni mieux ni pire qu'une autre, je m'étais habituée, on était ensemble. Je n'allais pas chercher la petite bête. Ni me poser des questions auxquelles je ne pouvais pas répondre. On vivait une drôle d'époque, ça oui, alors, où aurais-je été mieux ? Ta mère me faisait confiance, je voyais bien à qui j'avais affaire, pourquoi ne lui aurais-je pas fait confiance à mon tour ? Ma politique à moi fut de me taire et de laisser aboyer les chiens. J'ai toujours eu un bon sommeil.

On ne pouvait plus rester à Lyon. Je suis partie quelques jours chez ma mère et, quand je suis rentrée, Madame m'a dit : « Juliette, on va vivre à Paris. Monsieur cherche un appartement. En attendant, nous irons tous chez mes beaux-parents, à Champagne-sur-Seine. » J'ai pensé : après tout, Paris, pourquoi pas. Monsieur y travaille, nous le verrons peut-être plus souvent. Madame dit encore : « A Paris, il a des facilités, nous serons mieux nourris. Avec un peu de chance, nous habiterons près d'un parc où les enfants pourront s'amuser et prendre l'air. Et puis, Paris, Juliette, c'est grand… »

Un déménageur a livré des caisses chemin des Cerisiers et nous avons commencé à emballer.

Ta grand-mère s'appelait Marie. Une femme simple et modeste. Menue, des cheveux gris bien coiffés en arrière, rangés dans un petit filet sur la nuque, elle portait de jolies robes de soie et des cols de dentelle de sa confection. Très pieuse, elle aimait la Sainte Vierge pour laquelle elle fleurissait des autels, brodait à la perfection et réussissait mieux que personne les vol-au-vent et les omelettes norvégiennes. A part cela, elle adorait et servait l'homme redoutable qui l'avait épousée très jeune, transformant la fille de paysans en bourgeoise de province. Elle ne s'y était jamais vraiment faite. C'est peut-être cela qui explique ses sautes d'humeur, les bizarreries de son caractère. Cette femme, vois-tu, tout admirative qu'elle était de son grand homme, avait été coupée de ses racines. Elle se donnait du mal pour être une « dame », pour flatter l'orgueil de son époux qui attachait un grand prix aux apparences, mais elle s'usait à tenir ce rôle. Je ne l'ai jamais vue si heureuse que les matins où, sachant son Louis absent, elle s'habillait de vieilles guenilles, chaussait ses sabots et s'en allait gratter la terre, soigner ses fleurs. Je ne dis pas que les beaux habits ne lui seyaient pas, mais, quand elle l'accompagnait en visite ou en voyage, sous sa voilette et son renard argenté, ses perlouses et ses bas de soie, ce n'était pas la même femme. Si nous partagions des fous rires avec elle dans la cuisine ou la lingerie, si elle aimait nous faire de petits potins, comme elle était différente, sourcils froncés, menton en avant, surveillant son langage, dès qu'il y avait du monde, car ce monde-là devait bien faire la distinction entre l'autorité de la maîtresse de maison et le tablier blanc de la bonne.

Normal, cela. Je ne critique pas. Simplement, il faut en être avertie quand tu arrives dans une maison. Quelle que soit l'amitié que l'on te témoigne, n'oublie jamais que tu n'as qu'une place, c'est la cuisine, et qu'il te sera amèrement reproché de ne pas rester à cette place. C'est, en tout cas c'était, la condition des bonnes. Avoir l'air un peu sot était encore mieux, pour qu'on ne te harcèle pas, mais ne pas l'être vraiment, afin de garder le contrôle. Jugeote et discrétion.

Ta grand-mère était, à tout prendre, une femme agréable avec qui l'on pouvait s'entendre. Avant de vivre dans ce « grand dramada » comme elle avait baptisé leur retraite de luxe, elle aimait faire son petit ménage, sa cuisine : à Paris, elle avait juste une femme de ménage deux heures par jour. Là, ce n'était plus pareil. En 38, ton grand-père — c'est lui qui décidait de tout — engagea une certaine Marie qui ne plaisait qu'à lui apparemment. Je suis sûre que cette fille lui tourna la tête ! Figure-toi qu'il lui acheta une petite Simca pour faire les courses ! Franchement. Ta mère, « pas assez soigneuse », ne put jamais obtenir ça. Quant à moi, n'en parlons pas, les bicyclettes ne sont pas pour les chiens. Bref. Cette Marie-là ne valait pas tripette, je l'ai peu fréquentée puisqu'on venait l'été quand Mademoiselle se prélassait en vacances, trop fatiguée sans doute pour assurer les récoltes et les conserves, je te jure. Elle disparut après la guerre, avec la Simca d'ailleurs, ne cherchons pas plus loin. Cette brave Germaine la remplaça. En voilà une qui avait l'air sot et en plus l'était, mais, meilleure fille, ça n'existe pas.

Le travail, aux « Chardons » — le nom avenant que Monsieur avait donné à son domaine —, le travail ne manquait pas. Cette maison, quelle idée ! Il avait dû rêver d'un château… Étincelante et nue, elle se dressait sur son monticule comme un carré de beurre ou, tiens, un bloc de glace à la vanille. La pauvre dame se perdait dans ces hautes pièces où elle avait à peine eu le droit de choisir la couleur des rideaux, ne sachant où poser sa corbeille à ouvrage, ses napperons et ses saints en plâtre, sans parler des bouquets dont Monsieur ne voulait nulle part : un vase peut se renverser, et puis, des fleurs qui fanent font des saletés sur les tapis...

Elle errait à travers un jardin désertique, réclamant sans conviction de la verdure, connaissant l'homme et son obsession des grands espaces dégagés. Il plantait maigre, utile et espacé, de peur qu'une branche folle vînt lui abîmer sa pierre de taille.

Monsieur Louis avait-il dans l'idée de se construire un abri pour sa vieillesse ? Un château fort prêt à soutenir un siège ? Quand on voyait toutes ces dépendances ! Celliers à pommes, chambre à raisins avec sa multitude de petits flacons, cave aux mille bourgognes, saloir pour les jambons de la ferme... Les terrains tout autour... si peu pratiques, ces deux vergers entourés de grilles enfoncées bien profond dans le sol pour décourager les lapins de garenne. Ton grand-père les traquait avec son fusil, faisant semblant de les confondre avec les chats car il détestait les matous. Un chien, ça garde. Tout le reste est nuisible. Le « verger du haut », loin au-dessus du potager et de la maison, montait en pente douce, planté de pommiers et de cognassiers, de quoi alimenter une usine à conserves, et le « verger du bas », de l'autre côté de la route, réservé aux vignes, cerisiers, pruniers, aux poiriers et pêchers en espaliers. Grille autour de la maison, portes à plusieurs serrures, serrures des vergers, on ne pouvait pas aller cueillir un panier de fruits sans se trouer les poches avec des trousseaux de plomb.

Tu avais aussi, bien sûr, des poules, des canards, des lapins, toute une basse-cour et même un ménage de moutons qui firent toutes sortes de bêtises. Pour finir, les abeilles de Monsieur, une dizaine de ruches en haut du verger. Il les aimait tant qu'il allait leur dire au revoir chaque fois qu'il partait en voyage, ganté, chapeauté, sans protection : il se vantait de ne pas se faire piquer, elles le connaissaient... Évidemment, un jour, il y en a une qui ne l'a pas remis et il dut prendre le train, imperturbable, avec une figure à faire peur !

Tout cela tournait, avec un jardinier et sa femme — qui faisaient office de gardiens et habitaient le pavillon attenant. Ils ne suffisaient pas à la tâche, mais ton grand-père ne voulait pas « gaspiller à engager des ouvriers » ; il faisait beaucoup de choses par lui-même et, au moment des récoltes, devine où il trouvait sa main-d'œuvre ? Pardi, chez nous ! Les grandes vacances à Champagne-sur-Seine, il fallait les amortir. Les garçons, ta mère et moi — ta grand-mère aidait aussi —, nous avons fait tourner la baraque : les cueillettes, les conserves de légumes et de fruits, par centaines, par milliers de bocaux, et le miel, soigner les poules, l'herbe aux lapins, par brouettes... Il fallait tout garder, entasser, ne rien vendre mais ne rien donner non plus. On ne savait jamais... Ah, si cet homme avait connu le congélateur !

Les étés 42 et 43 firent de belles récoltes, nous avons beaucoup travaillé. Plus tard, avec les années de malheur, de toute façon, l'enthousiasme n'y était plus ni l'énergie d'entreprendre. Monsieur se retrouva seul entre sa bonne et son chien. Morte sa chère Marie, disparu le petit Jean, en prison le seul fils qui lui restait... Il n'en soufflait mot, mais son chagrin, dans la maison déserte, il a dû le ruminer, rappelle-toi.

La nature se fiche des chagrins, les arbres poussent et les fruits mûrissent. Grimpez les échelles, passez les paniers. Tu connais la suite. Les étés à Champagne devinrent une institution. On n'avait pas le sou, où seriez-vous allés vous refaire une santé ?

Monsieur loua un appartement à Paris et s'occupa du déménagement de Tassin pendant que nous étions chez ses parents. Les travaux n'étaient pas finis, mais l'automne et la rentrée des classes approchaient, surtout le grand-père nous avait assez vus. Les enfants le rendaient nerveux, il se croyait obligé de les épier du matin au soir, persuadé qu'ils allaient lui abîmer quelque chose.

Un matin, une voiture est arrivée. Un monsieur du PPF, que nous ne connaissions pas, se présenta. Il venait nous chercher. Ton père n'avait pas pu se libérer. C'est ainsi qu'on s'est retrouvés, Madame et moi et vous les gosses, déposés sur le palier à moquette rouge d'un immeuble bourgeois du seizième arrondissement. Au cinquième étage du 5, avenue Rodin. Une toute petite avenue entre la rue Mignard et l'avenue Henri-Martin, à deux pas de la Muette. Un grandiose et bel appartement très clair, longé par un balcon en festons. Sept pièces plus cuisine, office et lingerie, enfin de la belle construction, mais que de vitres, tout en fenêtres. Pour le moment, il y avait encore les peintres. Un drôle de chantier avec, pêle-mêle, les meubles, les caisses, les piles de livres, les cartons dans tous les sens. On s'organisa comme on pouvait. Ce premier jour, on s'occupa d'abord de préparer un lit pour chacun et de fabriquer un dîner de fortune sur un réchaud dans la salle de bains. Monsieur téléphona pour souhaiter la bienvenue et dire qu'il fallait passer à table sans l'attendre. Madame soupirait en raccrochant le récepteur. Nos regards se croisèrent et je vis bien que nous avions la même pensée. Peut-être avait-on changé de maison et même de zone... mais des choses demeuraient immuables : pour elle, le téléphone et les espoirs déçus, pour moi, les plats à réchauffer.

Ce soir-là, il dut rentrer tard. Depuis mon lit, j'entendis Madame jouer du piano dans le salon, puis je m'endormis.

Avec l'appartement, allaient deux chambres de bonne où je n'ai jamais habité. Sombres, au rez-de-chaussée, sur la cour, au bout d'un dédale de couloirs. Je n'étais pas rassurée. On y plaça tout un bazar qui ne tenait pas là-haut.

Entre l'office et la lingerie, était coincée une petite alcôve avec juste un lit et une fenêtre donnant sur la rue. C'est là que je dormais.

Paris. Tu penses. J'étais devenue parisienne. Ça n'était pas rien. La Juliette vit à Paris. J'entendais ma mère le dire à la sortie de la messe à Mme Desroches ou à la Marthe Condemine. Elles devaient s'en faire une tête. Moi, cela ne m'impressionnait pas. Surtout que Paris en 42...

Petit à petit, j'ai connu les rues, les avenues. Je ne sortais pas du seizième. Par ces temps, on n'avait pas envie de faire du tourisme.

Les garçons allaient au lycée Jeanson-de-Sailly et Nanie, avec les petites filles du quartier, manteau gris et col blanc, chez les Dames de Sainte-Clotilde, à l'Institut de la Tour, rue de la Tour. Tu étais encore un bébé dans ton landau, je t'emmenais promener tous les après-midi au bois de Boulogne. Quand tu as commencé à marcher, Madame a acheté une poussette bleu marine avec des roues blanches et des garde-boue chromés, on appelait ça un « cab », c'était chic.

A Paris, il y avait moins de voitures qu'aujourd'hui, plus de vélos et pas mal d'Allemands dans les rues. Normal. Ils étaient là. Donc on les voyait.

La concierge de notre immeuble était une brave femme. On discutait à la porte de sa loge. Son chat s'appelait Pinpin. Un jour, très gênée : « Mademoiselle Juliette, il faut que je vous dise. Des locataires se sont plaints. Du fait que vous prenez l'ascenseur avec vos paniers. Ici, vous savez, les gens. Ils ont dit comme ça, pour les domestiques et les provisions, il y a le monte-charge et l'entrée de service. » Je n'allais pas en faire une histoire. J'ai emprunté leur sacré monte-charge avec mes paniers.

Mais, quand je t'emmenais promener avec tes jolies boucles, tes bottines blanches et ton manteau à smocks, je prenais ma tête de nurse et mon air digne pour pousser ton cab à travers le hall vitré. Personne n'est venu se plaindre que mes semelles de domestique salissaient la moquette.

On vivait plus à l'aise qu'à Tassin. On mangeait mieux. Grâce à nos cartes d'alimentation. Tu comprends, on en avait pas mal... Forcément plus que la moyenne des gens.

Les relations de ton père, je suppose. Dans la rue, de pauvres femmes me demandaient : « Vous n'auriez pas deux ou trois tickets de pain ? » Moi, que veux-tu, je leur en donnais.

C'est malheureux à dire, mais c'est pendant cette période, 43 et début 44, qu'on a le moins tiré le diable par la queue et que Madame aurait pu profiter un peu de la vie à Paris, des magasins... puisque Monsieur semblait moins fauché. Elle ne se faisait plus ses robes, mais allait chez une couturière. Monsieur lui offrit un manteau de fourrure et le bracelet en or. Ce fameux bracelet qu'on a mis « au clou », combien de fois, plus tard. Il n'y a que le tricot. Elle ne l'abandonna pas. Ça l'occupait, avec la lecture et la musique. A Paris comme ailleurs, elle passait la plupart de ses soirées seule, dans un coin du salon.

Elle avait peu d'amies. Triées sur le volet. Monsieur ne la sortait pas souvent, c'est arrivé une fois ou deux. Il surveillait de près ses fréquentations, par crainte des ragots, je ne sais pas. Parfois, elle se pomponnait en pleine après-midi et, enfilant ses gants près de la porte, elle me disait avec un soupir sous sa voilette : « Je suis invitée à prendre le thé. » Où allait-elle ? « Cela ne m'amuse pas, Juliette, c'est Albert qui me fait rendre des politesses. » Elle ne semblait pas savoir de quelles politesses il s'agissait.

Le plus souvent, elle était à la maison. Elle décorait l'appartement, achetait des bibelots, des meubles. Là aussi, c'est Monsieur qui décidait et l'envoyait chez des gens qu'il connaissait. « Il a des prix », disait-elle.

Sa sœur Mathilde venait la voir de Suresnes, avec sa fille Annie, du même âge que Jean. Elle ne restait jamais longtemps, n'ayant pas envie de rencontrer « Albert » dont elle n'appréciait pas l'« activité ». Dans la cuisine, un jour, ça lui a échappé : « Tout cela finira mal, ce Doriot est un fou. »

A la maison, on recevait peu. Des Allemands, il y en eut, bien sûr. Pas souvent. Et les mêmes deux messieurs très polis (d'ailleurs, pendant l'occupation, tout le monde vantait la politesse de l'occupant, n'est-ce pas) — parlant très bien le français et en civil. A l'un d'eux, ton père lançait du « monsieur le comte ».

Après chaque visite, Madame recevait des fleurs. Elle ne faisait aucun commentaire. J'ai l'impression qu'elle subissait ces mondanités comme des « obligations » liées au « travail » de Monsieur. Comme les thés de l'après-midi. Elle n'avait rien à dire.

Tu grandissais. Je te vois encore gambader en riant aux éclats le long du balcon qui suivait toute la façade.

Doriot est passé deux ou trois fois dont une, sanglé dans son uniforme de la LVF.

Une femme venait faire le ménage de temps en temps et les carreaux car je n'y suffisais pas. Elle était là un jour où Doriot a débarqué. Il ne passait pas inaperçu. Alors elle, tout excitée, son balai à la main, je la vois encore se dandiner, s'est précipitée à l'office :

— Oh, M. Doriot, j'ai vu M. Doriot... (Elle se trémoussait, l'idiote.) Il m'a dit bonjour !

— Et alors ? lui ai-je dit. Ne vous mettez pas dans cet état. M. Doriot, c'est un monsieur comme un autre.

Vint le temps des alertes, du couvre-feu, de cette sirène qui glaçait les sangs. Notre abri était une cave de la rue Mignard, on y retrouvait tout le voisinage, patrons et domestiques. Il n'était plus question de moquette ni d'ascenseur de service.

Pour aller au Bois, je prenais l'avenue Henri-Martin jusqu'à la Muette, puis je cherchais un coin agréable et te posais sur ta couverture avec quelques jouets. Un après-midi, on était bien tranquilles au soleil. Tout à coup, ouhh... la sirène ! Ah, nom de Diou ! Les jouets, la gamine, j'ai tout ramassé et on s'est taillées... Il fallait voir la débandade. Les rues se vidaient, tout le monde aux caves. On eut juste le temps d'arriver, la DCA commençait à tirer.

Quand on descendait, la nuit, on rencontrait des drôles de gens. Il y avait la ribambelle d'endormis qui trébuchaient le long des marches, mais aussi, dans la rue Mignard à peine éclairée, ou surgissant des cours d'immeubles, des ombres mystérieuses et rapides. Comme des rats entre les poubelles. Qui étaient ces gens ? Ça fouinait de partout.

Madame avait peur pour Jean qui s'était inscrit secouriste volontaire : il courait Paris et les ruines dès qu'une alerte retentissait.

Monsieur nous expédiait à Champagne le plus souvent possible. Un jour, je dus rapporter seule, de là-bas, par le train puis le métro, une valise de victuailles. Je n'en menais pas large. J'avais peur d'un contrôle. Si je m'étais fait prendre avec mon demi-mouton, mes lapins... La valise m'arrachait les bras, mais je devais la porter l'air de rien et ne surtout pas la poser.

Des histoires de valises, j'en ai. Un soir, je ne me souviens plus pourquoi, j'étais seule dans l'appartement. La famille devait être à Champagne. Ton père m'avait confié une valise. « En cas d'alerte, Juliette, descendez la valise à la cave. » Alerte. Allez, la valise à la cave. Plus facile à dire qu'à faire. C'était sa collection de timbres. Ça pesait, mais ça pesait. Ah, je l'ai béni, cette nuit-là, avec ses timbres ! Il était comme ça.

Un autre soir, la fin de l'alerte carillonne. Je remonte en vitesse. Dans les rues, autour des poubelles, toujours ces ombres. On n'aime pas ça. Dans l'escalier, j'entends une sonnerie de téléphone. On reconnaît son téléphone. Je presse le pas. Ça sonne toujours. Je décroche. A l'autre bout, ça raccroche. On n'aime pas ça. Je l'ai dit à Monsieur. Il a haussé les épaules. Il n'était plus à ça près. La « pétoche ». On commençait à la sentir monter.

C'est arrivé plusieurs fois cette histoire de téléphone. Ils voulaient savoir s'il y avait quelqu'un. Peut-être pour dévaliser. A la fin, c'était la pagaille, le bon Dieu ne reconnaissait plus les siens. PPF, pas PPF, on ne savait plus, ils se tiraient tous dans les pattes. Quelle sale période. Les gens devenaient laids, mais laids. Les gens, avec la peur, c'est ça. Trahison et compagnie. On ne se connaît plus, camarade. Je te dénonce, tu me dénonces. Débandade, oui. 1944. Ça devenait vraiment moche.

Les derniers mois, Monsieur ne dormait plus à la maison. Les appels continuaient, des voix d'hommes qui le cherchaient. « Monsieur n'est pas là. » Nous avions peur. « N'ouvrez jamais sans demander qui est là, Juliette. » Elle ne dormait presque plus. A la fin, une mitraillette restait posée sur le meuble de l'entrée. Il est arrivé aussi qu'il revienne avec un « gnon ». Il racontait qu'il se cognait dans le noir à cause des coupures de courant... Tu penses comme on le croyait.

Toutes les nuits, il changeait d'hôtel. Plusieurs chambres, où il laissait une robe de chambre, un foulard, des pantoufles. Un jour, plus tard, ta pauvre mère est allée chez un certain P. du PPF et lui a tout vu sur le dos ! Il n'était pas gêné, celui-là.

Elle courait à des rendez-vous mystérieux. Je disais : « N'y allez pas. » Mais elle pensait être utile. Espérait-elle comprendre quoi que ce soit ? Des types essayaient de l'embobiner, de la faire parler, posaient des questions. Des mouchards.

Moi. J'étais dans le bleu. Je me disais : de jour en jour ça va tellement plus mal qu'un jour ça finira par aller mieux... Je t'en fiche.

La seule chose que Monsieur m'ait dite — il imaginait peut-être me rassurer : « Il faut être bien avec les Allemands parce que plus on est avec eux, plus on les possède. » Rends-toi compte. C'était ça, leur politique ? Il s'est rudement fait avoir.

Vint l'apothéose. Cette fameuse nuit de l'été 44. Depuis quelques semaines, il n'y avait de l'eau chaude que deux fois par semaine pour que les Allemands puissent se laver. Mais là, tout était coupé, eau, électricité. Tout le monde devenait un peu fou. Dans les rues, des gens couraient sans avoir l'air de savoir vers où. Par les fenêtres ouvertes on entendait des radios. Vers midi, ce jour-là, ton père appelle. Ta mère, bouleversée, vient me dire : « Juliette, il veut que nous partions tous ce soir, dans deux voitures. Il viendra nous prendre avec un chauffeur du PPF. Préparons les affaires, on abandonne tout, emportons le minimum. Ça va mal. » C'était peu dire... Sauve qui peut général. J'ai demandé : « Mais où va-t-on ? — Vers la Suisse, l'Allemagne... (sa voix s'étranglait), Juliette, j'ai peur. »

Je ne savais pas quoi lui répondre. Mais, quand je l'ai vue cacher son visage dans ses mains, je l'ai entourée de mes bras. Ah, on était bien, à pleurer là, toutes les deux. « Puisqu'on n'a pas le choix, Madame... On verra bien. » On s'est embrassées et puis on est parties faire nos baluchons.

Je repensais à cet autre jour d'été, en 40, à ma mère assise sur la charrette, au cheval de Germaine Prolonge, aux gamins qui gambadaient sur la route de Crèches. Cela semblait si loin, de Paris, de 44 et des dangers d'à présent. Je m'en souvenais comme d'une partie de campagne... A ce moment-là, on fuyait les Allemands et voilà que, maintenant, on allait se jeter dans leurs bras. Les choses en étaient donc arrivées à ce point ?

Une fois prêts à partir, on s'est sentis bêtes, on ne savait plus que faire. On errait dans cette maison comme dans un bateau qui va faire naufrage. Madame regardait les meubles, les objets, ouvrait les armoires, haussait les épaules, tournait en rond, fumant cigarette sur cigarette. Jean s'est assis au piano et s'est mis à jouer quelque chose de très lent. Madame a fermé les fenêtres, puis, debout derrière lui, a posé ses mains sur ses épaules. Il faisait chaud mais pas trop. Nous attendions la suite des événements. Je te reverrai toujours, assise sur le petit divan de la salle à manger en train de sucer tranquillement ton pouce.

Ce fut le soir. Ton père nous rejoignit. Il était dans un bel état. Comme fou, cigarette au bec, manches de chemise relevées, partira, partira pas, hurlant dans le téléphone. Nous étions pétrifiés, toi tu ne bronchais pas, suivant les allées et venues de tes yeux calmes. Figure-toi : on avait volé les voitures qui devaient nous sauver ! Ah, les braves gens ! Comme si on pouvait compter sur qui que ce soit quand le bateau brûle et que les rats sautent à l'eau ! Je me souviens d'Alice, son fume-cigarettes à la main, accoudée au Steinway, semblant complètement ailleurs ou résignée aux pires catastrophes. Elle dit doucement : « Ne partons pas », pendant que lui essayait de téléphoner je-ne-sais-où pour trouver des véhicules.

La nuit était déjà bien avancée. Tu dormais, Anne assise près de toi, muette, serrant sa poupée. A la bougie, sur le petit réchaud, je faisais mon semblant de café et leur passais les tasses. Tout ce qu'il put trouver, c'est de la place dans un camion qui partait avec des « archives du PPF ».

Alors il appela ton oncle Pierre à Suresnes : « Je te les

confie, viens les chercher avant le matin, je suis inquiet. Moi, je file. »

C'est là qu'il décida d'emmener Jean. Dans l'affolement, il dit : « J'emmène Jean. » On n'aurait pas dû le laisser faire. Il donna comme raison : « S' " ils " ne me trouvent pas, " ils " vont mettre la main sur mon fils et se venger sur lui. » Jean avait dix-huit ans, déjà l'air d'un homme. N'est-ce pas plutôt que Monsieur avait peur de partir seul ? Et nous, misère, savions-nous seulement qui étaient ces « ils » ? Conscientes d'un danger tout à coup, mais pas de sa nature réelle. On n'aurait pas dû le laisser prendre Jean. Ta mère et moi, plus tard, sans nous le dire, comme on s'en est voulu. Elle a toujours obéi, toujours fait et laissé faire ce qu'il voulait. Dans un moment pareil, qui pouvait savoir, vraiment, qui ?

Monsieur pleurait, elle pleurait, je ne peux que pleurer en y repensant. Pendant qu'ils se disaient adieu, je les ai entourés de mes bras, je ne savais plus quoi faire. Ils sont partis. On les a regardés descendre l'escalier. L'aube pointait. Assise, les mains croisées sur les genoux, je regardais Madame. Elle tenait la main de Paul, assis raide comme un piquet à côté d'elle. On attendait Pierre. Je me sentais vidée, incapable de parler.

Anne se souvient de cette nuit-là. Elle dit que, depuis, elle ne peut plus voir personne disparaître dans un escalier.

Le bon oncle est arrivé vers cinq heures. Il fallait faire vite. Il avait traversé le bois de Boulogne en vélo. Des coups de feu fusaient de partout. En route. Chacun avec un petit baluchon. Toi dans ton cab, endormie sur une pile de linge et, sur tes pieds, l'argenterie emballée dans des torchons, c'est tout. On n'était pas les seuls à circuler dans le petit matin... Un détour pour éviter un tas de cadavres derrière la cascade, Pierre connaissait les petits chemins, le pont de Suresnes, ouf, sauvés, on ne savait pas de quoi, mais sauvés ! Mathilde, en robe de chambre, nous ouvrit la porte. Elle faisait une drôle de tête, la pauvre, de voir débarquer ce beau monde chez elle. Que veux-tu. On a sorti les matelas.

Quelques jours plus tard, on apprit par la concierge de l'avenue Rodin que des hommes armés étaient venus demander Albert B. « Et la famille du traître ? » avaient-ils ajouté. S'ils avaient pris ta mère, va savoir, ils l'auraient peut-être tondue. Ou pire.

A Suresnes, Pierre était connu et apprécié ; il nous a protégés. Il se tirait de toutes les situations grâce à sa gentillesse, son sourire, son honnêteté. Et puis c'était sa nature d'aider les gens, sans en faire étalage.

Tous ces jeunes, avec leur brassard et leur fusil, n'étaient pas très rassurants. On a eu leur visite rue de Bellevue. Ils ont voulu fouiller partout. En plaisantant, Pierre leur a dit de ranger leurs joujoux, sa belle-sœur les suivrait poliment, à condition qu'il l'accompagne. Il y est allé, avec elle. On ne l'a pas embêtée longtemps. C'est ton père qui les intéressait. Elle ne savait rien. On n'eut aucune nouvelle des fugitifs pendant plusieurs semaines. Et même des mois, quand j'y pense.

Cet été-là, nous sommes devenus des « collabos ». Pierre et Mathilde, qui avaient toujours été « du bon côté », firent tout pour nous protéger des mauvaises langues, des haines et des vengeances. Parmi les voisins, de braves gens nous adoptèrent. Certains s'excitèrent un peu et bientôt se turent. Ta mère attirait les sympathies. Paul et Anne, plus vulnérables, firent les frais de quelques mesquineries. Ce n'était pas bien beau ces petits papiers qu'elle retrouvait dans ses poches, « Fille de collabo » ou « Qu'il crève le traître ». Crois-tu. L'institutrice sermonna les parents. Ce n'est pas la faute des enfants, voyons.

Les cloches sonnaient. Tout le monde criait dans les rues, partout. Ils sortaient les drapeaux, les cocardes. Les Américains étaient là, Paris libéré, les Allemands décabanaient. La grande fête n'était pas pour nous. Comme des escargots au fond de leur coquille, nous entendions de loin les foules en liesse. Pierre exultait. Il adorait les Américains, il se débrouillait bien dans leur langue.

Nous étions toujours sans nouvelles.

Pour fêter leur départ, les Allemands ont organisé de grands feux d'artifice : ils faisaient sauter leurs DCA, toutes leurs munitions autour de Paris, en particulier au fort du mont Valérien. Nous étions juste en dessous. Jamais je n'ai entendu une pétarade pareille. Vous, les enfants, dormiez à poings fermés. Alice, Mathilde et moi rentrions la tête dans les épaules. Pierre sur la terrasse, aux premières loges. Et vous dormiez !

Un jour d'automne, Madame a reçu un message : Monsieur et Jean avaient rejoint Doriot et toute la clique en Allemagne, sur le lac de Constance. Sans autre précision.

L'appartement de l'avenue Rodin est réquisitionné. Pierre apprend par la concierge qu'il est occupé par des officiers américains. C'est le moment, pense-t-il, de s'y pointer discrètement avec une camionnette. La concierge nous accueille, ravie dès que l'aventure se présente. Je me rends vite compte que nous ne sommes pas les premiers à passer, le contraire m'eût étonnée, enfin, je n'accuse personne.

Pendant que Pierre discute avec les Américains, de bons bougres après tout, et leur marchande peu à peu une commode par-ci, un lit d'enfant par-là, moi, dans la cuisine, je remplis prestement le monte-charge de tout ce qui me tombe sous la main. En bas, aidée du chauffeur, la pipelette décharge : linge, vaisselle, bibelots et même la corbeille à ouvrage et le panier de linge sale... « Laissez-leur quelques draps », me dit Pierre. On était bien bêtes... Plus tard, on n'a rien retrouvé. Bref. On repart comme des voleurs, c'est le cas de le dire, moi avec le service à gâteaux sur les genoux, blanc et or, des petites fleurs au milieu, tu te souviens.

Plus tard, aidé d'amis qui aimaient se déguiser, profitant de la bonne nature des Américains, Pierre réussit encore des exploits : il sauva des tapis en envoyant une pseudo-société de nettoyage et, surtout, le Steinway, que trois malabars, faux contrat de location en main, vinrent chercher. Cela nous permit ensuite de le vendre et de le manger...

Nous ne savons pas où nous allons. Quand on vit les choses, sur le moment, Dieu merci, on est dans le brouillard. Ta mère a repris son tricot et son attente. On va d'ailleurs beaucoup tricoter par les temps qui courent. Ninon est aussi dans la région parisienne et dans les soucis — son mari avait moins de responsabilité que Monsieur, tant mieux pour lui. Elle a une petite affaire de « modes » et nous engage comme tricoteuses. On sait faire. Toutes les deux, des heures sur nos aiguilles, pendant que la maison dort. On parle, on discute, on échafaude des miracles. Un jour, ta mère, à mi-voix, comme si elle avait peur de ses mots : « Qu'au moins Jean revienne. »

Au rez-de-chaussée de la maison de ton oncle, il y avait un tout petit appartement, deux pièces, cuisine et salle d'eau. Pendant l'occupation, les volets étaient fermés : à l'intérieur, Pierre avait entassé de la vaisselle, des meubles appartenant à un baron au nom israélite pour qui il travaillait et qui avait dû se protéger des Allemands, bien entendu. Alice fit l'inventaire pour gagner trois sous et le baron reprit possession de ses biens. Pierre nous offrit alors de loger là. Ce serait petit, mais « en attendant »... Madame et les deux filles coucheraient en bas. Ta tante prêterait une chambre à Paul en haut et, moi, je dormirais dans la petite lingerie, au fond de leur appartement, sur un lit pliant. « En attendant », ça irait bien comme ça.

Hortense, depuis plusieurs années, travaillait comme cuisinière dans une famille où elle se plaisait bien. Ces gens-là habitaient à Nogent-sur-Marne. Hortense raconte avec émotion comment un jour, après la fin de la guerre, début 45 peut-être, deux gendarmes vinrent frapper à la porte — justement, c'est Monsieur qui a ouvert —, disant qu'une certaine Hortense Perrin devait les suivre...

— Mes patrons avaient confiance en moi, autrement, tu vois un peu l'effet produit ! Mais enfin, que me veut-on ? Les gendarmes, bien corrects, n'en savent rien, ils ont juste le mandat d'arrêt. « Nous vous conseillons de prendre une couverture ; rue des Saussaies, vous ne serez pas la seule, ça peut durer. » Eh bien... Mon patron leur dit : « Vous n'allez pas lui mettre les menottes, elle n'est pas dangereuse, d'ailleurs je l'accompagne. » Une fois là-bas, ils m'ont demandé mes papiers. Voilà. Si c'était pour ça... Mais alors : « Pouvez-vous nous expliquer pourquoi et comment vous avez obtenu un laissez-passer pour Marseille le tant et tant... » Tout est devenu clair ! Ils ne pouvaient pas le dire plus tôt ! J'avais complètement oublié cette histoire : un jour, j'allais au cinéma, au Perreux, et sur l'écran, aux actualités, j'ai reconnu Monsieur B. Il était à côté de Doriot qui faisait un discours. Je me dis : cet homme-là doit avoir de l'influence, il pourrait sûrement me faire obtenir un laissez-passer pour aller voir ma mère. J'en ai parlé à Juliette, j'ai eu mon papier les jours suivants et je pus partir pour Arciat. « Pourquoi jusqu'à Marseille, alors ? — Est-ce que je sais moi ? Je ne suis jamais allée à Marseille. »

» Ils avaient dû retrouver des listes de noms dans les papiers du PPF restés rue des Pyramides et, comme ils traquaient les collabos... Je leur dis aussi : « Et puis, vous vous trompez. C'est ma sœur qui travaille chez Monsieur B., pas moi. » Très bien. Ils sont allés chercher Juliette à Suresnes...

Hortense passa deux nuits rue des Saussaies, Juliette une. Dans une salle nue, avec une vingtaine de personnes, la plupart condamnées à mort, paraît-il.

» On allait aux cabinets avec la mitraillette au derrière. On a peu dormi, à même le parquet, chacun racontant sa petite histoire.

— Il y avait une « putain » avec nous qui me semblait trop bavarde, dit Juliette, je me méfiais, elle posait trop de questions, ça devait être un mouton. On a chanté *A la claire fontaine* et *Mon père a deux étangs*, il y avait de l'ambiance.

Derrière le mur, un type criait. Quelqu'un dit que c'était le Dr Petiot et qu'il avait peur de la guillotine. Et tous les pauvres gens qu'il avait dévalisés et brûlés à petit feu, ils ne lui criaient pas dans la tête ?

» Moi, je n'avais pas peur du tout, dit Juliette en riant. Je savais que je n'avais rien fait ni rien dit. Je me doutais bien qu'ils comptaient sur des ragots. Bernique. Ils m'ont interrogée. J'ai dit ce que je savais : marié, des enfants, ingénieur chimiste, je récitais, il s'est engagé volontaire... la politique ? On n'en fait pas dans les cuisines. Si j'ai vu des Allemands ? Dans la rue, plein. A la maison ? Pensez-vous ! Il y avait des visites bien sûr, mais, si c'était des Allemands, ce n'est pas moi qui le dirai, ils parlaient français mieux que vous et moi.

» Ils nous ont relâchées. Toutes les deux, notre couverture sous le bras, on est entrées dans le premier bistrot pour se boire un bon café.

Printemps 1945.

Tous ces mois, nous n'avions reçu aucun signe. Elle commençait à désespérer. Mais n'est-ce pas encore plus terrible quand tombe la nouvelle et qu'il n'y a plus alors le moindre espoir ?

Pierre a reçu l'appel. Il a parlé avec son beau-frère, et puis il a bien fallu qu'il lui annonce à elle qu'Albert était dans un camp de prisonniers militaires en territoire américain. Que Jean avait disparu, quelque part entre Wiesbaden et Ulm, au cours d'un des derniers bombardements alliés... Elle hurlait, hurlait. Tard le soir, elle s'est endormie et je suis allée me coucher. Je me disais, ça ne finira donc jamais. Dans la nuit, de mon lit, je l'ai entendue crier et pleurer, deux étages plus bas. Elle me faisait peur. Je suis descendue lui préparer une tisane, des compresses, je voulais qu'elle se calme un peu. Elle semblait perdue.

— Juliette, (c'est là qu'elle m'a dit :) Juliette, ne m'abandonnez pas. Juliette, jurez que vous ne m'abandonnerez pas.

Qu'est-ce que t'aurais fait ?

Juliette est restée. Entre la cuisine du rez-de-chaussée et le lit-cage du second. Elle est restée parce qu'elle est restée. Si on la questionne aujourd'hui, elle semble perplexe : « Crois-tu que j'aurais pensé à m'en aller ?... M'en aller où ? Si j'en avais eu assez, si je n'avais pas pu vivre, alors je serais partie, peut-être. Mais j'étais là, avec vous. Je suivais... »

Quand, après avoir vendu tout ce que l'on pouvait vendre, les bijoux de famille et le Steinway, Alice lui dit : « Je vais chercher du travail, mais je gagnerai peu parce que je n'ai appris aucun métier, ma chère Juliette, je ne peux plus vous payer », Juliette, encore, a suivi. Aujourd'hui, elle hausse les épaules. « Ta mère comptait sur moi. L'argent de sa paye, elle le mettait dans le tiroir du buffet. Quand j'en avais besoin, je piochais. Quand il n'y en avait plus..., on y arrivait quand même. Elle savait que j'étais là. Pour vous garder, en somme. »

Si on demande à Juliette à quel moment on a pu recommencer à la payer, elle ne s'en souvient plus.

Je réécoute la cassette que nous avons enregistrée ensemble à Arciat en mars 83. Entre le tic-tac de l'horloge et le fracas de la vaisselle qu'elle est en train d'essuyer, puis de poser à côté du micro, j'entends ma voix, intimidée : « Mais alors, tu nous aimais bien ? » Silence, sonnerie de casserole, puis : « Il faut croire ! »

C'est cette Juliette-là que j'ai connue. Mes premiers souvenirs sont plantés à Suresnes, à l'abri de Juliette, de sa voix, de ses rires, de sa main qui me lave, me tend mon bol de soupe, me guide par le monde. C'est cette femme-là que j'ai aimée. Elle est ma mémoire, ma santé. Je lui dois tout.

Juliette est blonde, ses yeux sont verts. Un visage lisse tout en pommettes et en sourires. De taille moyenne, mince. Elle a quarante ans ou un peu plus. La quarantaine. A quelques mois près, l'âge de ma mère. A cette époque, il ne me vient jamais à l'idée de me demander quel âge elles ont. Les premières fois où je vais à l'école et où l'on m'embête avec des questions sur mes père et mère, je cloue les becs en expliquant : « Je n'ai pas de père, mais j'ai deux mères, une qui va travailler et l'autre qui reste à la maison. » Je trouve bizarre qu'il n'y ait pas une Juliette dans tous les foyers français.

Juliette se lave la figure avec du savon et se met de la crème Simon ou Nivéa. Elle ne se maquille pas, met seulement du rouge à lèvres quand elle va à la messe ou faire ses courses, un peu de poudre pour se rendre à Paris. Les cheveux de Juliette sont fins et blond cendré. De temps en temps, elle se fait faire une permanente, quand elle ne peut plus « supporter sa tête ». Juliette porte toujours une blouse à manches ou sans manches, dans des tissus fleuris et, par-dessus, un tablier pour faire la cuisine.

Le matin, ma mère me réveille, penchée sur le lit à barreaux placé à la tête de celui où elle dort avec ma sœur. Je garderai ce lit d'enfant jusqu'à six, sept ans, quand mes pieds dépasseront. Elle me porte jusqu'à la salle de bains. Dans la cuisine, Juliette prépare le café. Les informations en sourdine, elle chantonne déjà. La famille autour de la table avale son petit déjeuner. Paul prend un grand bol de soupe ou de flocons d'avoine. Comment peut-il ? Juliette approuve : « Ça tient au ventre. » Maman boit de l'Actiphos et du café noir. Les autres du café au lait, moi parfois de l'Ovomaltine. On ne se parle pas beaucoup : en bruit de fond, la radio que personne n'écoute. L'hiver, on voit la nuit à travers la buée des vitres. En haut de la chaudière peinte en argent, le chat dort en rond sur un morceau de couverture. L'été, le chat entre et sort par la fenêtre entrouverte.

Juliette prépare la « gamelle » de Maman, la place dans son sac à côté du tricot. Paul part le premier. Puis Maman et nous les filles descendons à la gare. Ma sœur et moi direction Saint-Cloud où nous allons à l'école, chez les Dominicaines, tandis que ma mère prend le train pour Bécon-les-Bruyères où se trouve son travail. Nos trains se croisent, on se fait des signes.

Juliette reste à la maison. Elle fait la vaisselle, ouvre les fenêtres, aère les lits, secoue les draps, refait les lits, puis le ménage. Un peu plus tard, elle relit à voix haute la liste qu'elle a préparée, regarde dans son porte-monnaie, la plupart du temps soupire et ouvre le tiroir du buffet pour reprendre de l'argent. A la salle de bains, elle se donne un coup de peigne, l'hiver, enfonce un bonnet, noue une écharpe et enfile son manteau de tous les jours. Elle s'en va aux commissions avec son cabas de moleskine noire. Les jours de marché, elle va au marché, une fois en haut, une fois en bas de Suresnes ; dans ce cas, elle prend un panier d'osier en plus. Elle marche d'un bon pas, aime bien dire trois phrases aux commerçants ou s'arrêter une minute sur le trottoir quand elle rencontre une voisine. Au printemps, elle pose ses paniers devant la porte puis fait un tour de jardin. Regardant de près jacinthes, iris, géraniums, elle les encourage et compare avec le printemps précédent. Les jours de poisson, le chat la suit, se frotte contre ses jambes ou le sac en miaulant.

Les jeudis, samedis et dimanches, la famille est là pour déjeuner. Les autres jours, Juliette est seule et « casse une petite graine » sur le coin de la table. « C'est vite expédié. » L'après-midi, il y a toujours quelque chose à faire. Du raccommodage ou du repassage. Tous les jours à l'heure du café, Maman téléphone du bureau. Le téléphone est chez Pierre et Mathilde, qui appelle dans l'escalier.

Une fois par semaine, il y a une dame qui vient faire de la couture chez ma tante. C'est Mme Cécile, une gentille femme timide aux cheveux blancs et floconneux, habillée de gris, des épingles plein son corsage et des manchettes de lustrine noire. Alors Juliette monte son ouvrage et coud avec Mme Cécile. Elles papotent, penchées sur leurs aiguilles. A quatre heures, ma tante fait du café et se joint à elles.

Vers cinq heures, nous rentrons de l'école, ma sœur et moi. Mon frère un peu plus tard. Juliette nous fait goûter. L'hiver à la cuisine, quand il fait beau elle me passe une tranche de pain et deux barres de chocolat par la fenêtre et je grimpe dans mon arbre. Ma sœur s'isole pour étudier son latin et son grec. Avant de monter jouer avec mon cousin Serge, de deux ans mon cadet, ou, par beau temps, de nous perdre dans le jardin, je dois penser aux devoirs. « Fais-les avant de jouer », dit Juliette. Je m'installe sur la table de la salle à manger pendant qu'à la cuisine elle épluche les légumes de la soupe. Nous avons de la soupe tous les soirs.

Je l'entends fredonner. Quoi qu'elle fasse, elle chante. Elle connaît tout Charles Trenet, les airs d'Édith Piaf, mais aussi de bien plus anciennes chansons. Ce qu'elle préfère, ce sont les opérettes... *Ô ma Rose-Marie, les fleurs de la prairie se penchent devant toi lorsque tu passes...* se prête au rythme de l'eau qui coule, à la monotonie des gestes du ménage. Quant à *Un mari ré, un mari cal, un mari ci, un mari trant...* c'est idéal pour frotter les vitres dans les coins ou les taches sur le parquet à l'aide d'une paille de fer. Quand les choses vont bien, elle chante, on se dit : ça va. Quand les choses vont moins bien, elle chante aussi, pour que ça aille mieux. Autant chanter.

Je la rejoins dans la cuisine.

— Tu me fais réciter ?

Elle s'essuie les mains, prend son air sérieux :

— Vas-y, je t'écoute.

Elle aime bien les leçons, elle dit qu'elle apprend des choses qu'elle n'avait pas eu le loisir d'étudier, du temps où « elle cognait le cul de ses vaches ».

— C'est tout pour aujourd'hui ?

Elle referme le livre, tire sur sa blouse. Je m'assieds sur ses genoux et elle chante *Il était un petit cochon, tout mignon blanc et rose...*

Juliette avait l'art de prolonger ses phrases ou celles des autres à l'aide de citations qu'elle puisait dans les chansons, les dictons ou Dieu sait où et qu'elle utilisait au gré de son inspiration. Sur le modèle : *Tout va très bien... Madame la Marquise,* elle faisait notre bonheur avec : *Elle est partie... Elle a fait comme Rosalie,* ou *T'occupe pas... du chapeau de la gamine,* ou encore, notre préféré : *Voilà voilà... ce qui fait crever les taupes et les rats...*

Maman ne rentre pas tous les jours à la même heure. Elle a souvent des rendez-vous après son travail. Avec des avocats, des gens dans des bureaux, des ministères. Nous l'attendons pour dîner. C'est important d'être ensemble autour de la table et de manger ce que Juliette nous sert. Juliette tient beaucoup à la régularité des repas, au rite de la soupe qui fume et réchauffe le corps. « Autrement, que nous restera-t-il ? » Manger, c'est la santé, cela aide à se lever le lendemain et à recommencer. Une famille, ça se retrouve autour d'une table, sinon ce n'est pas une famille. Autrefois, à Arciat, les filles et les parents s'asseyaient sous la lampe en rentrant des champs et communiaient autour de la soupe réparatrice. Même si on ne se parlait pas, on était là, ensemble, partageant une chaleur, un moment essentiel de la journée.

Pendant que l'heure tourne en attendant Maman, Juliette me raconte une histoire, chante des chansons. En l'écoutant, assise sur ses genoux, je déboutonne et reboutonne inlassablement le haut de sa blouse, ou bien je lui prends une main pour l'examiner. L'hiver, ses pouces sont fendillés. Elle les enduit de beurre de cacao. L'été, on attend dehors, le soir tombe, Juliette tricote ou lit *le Petit Écho de la mode,* je tourne sur ma patinette ou regarde, envieuse, les grands du quartier jouer au volant sur le carré de mâchefer, devant le garage. S'il fait beau, le couvert est mis dehors, on passe tout par la fenêtre. Maman arrive enfin, fatiguée. Le repas est prêt, on peut passer à table. Combien de fois, découragée par ses démarches, dit-elle : « Je n'ai pas faim. » Juliette fait celle qui n'entend pas, lui tire sa chaise, déplie sa serviette, remplit son assiette, lui tend un morceau de pain. « Merci, Juliette. » Maman soupire, docile, et mange, des larmes au bord des yeux.

Les années de Suresnes ne m'ont pas laissé l'impression d'un temps qui passait. Les souvenirs se sont inscrits, épisodes épinglés à des saisons sans date, indépendantes les unes des autres. Quand nous en parlons, Juliette et moi, nous les évoquons à peine, ébauchant un portrait, une couleur, une phrase, chacune sachant que l'autre sait. Comme si le quotidien de ce temps-là, parce qu'il était fatalement quotidien et rien d'autre, était devenu « normal ».

Nous d'un côté, menant, qu'on le veuille ou non, une vie de famille… De l'autre, ton père en prison… Eh bien, tout ça, on le vivait tous les jours. Le ménage, la cuisine, les courses… Les enfants à l'école, qui revenaient, qui partaient… Ta mère au boulot… Moi à la maison. C'était la vie.

Juliette s'achetait un manteau tous les quatre ou cinq ans et, pendant quatre ou cinq ans, elle portait le manteau neuf le dimanche et continuait d'user le vieux les jours de la semaine. Quand le vieux manteau rendait l'âme, celui du dimanche passait en semaine et ainsi de suite. Le manteau de fourrure qui datait d'avant-guerre fit davantage de profit : les tissus datant d'avant-guerre étaient de bien meilleure qualité que ceux d'après, et si précieux qu'on les faisait tenir jusqu'à la ruine. Ainsi le manteau de lapin devint veste puis doublure, et enfin tomba en morceaux avec lesquels jouaient les chats. Le même sort guettait Judith, le très vieux chien de peluche à roulettes qui s'effondra peu à peu sous mon poids, perdant sa sciure par la couture du ventre, alors que les yeux de verre étaient depuis longtemps partis.

Ce dimanche d'hiver, pour aller voter, Juliette portait le manteau de faux agneau garni de trois boutons de corne. Il faisait froid. Je me souviens de nos souffles blancs et de la petite bande de peau raidie, insensible, entre le bas de la jupe et le haut de la chaussette. Respectueuse des lois et des usages, Juliette a toujours rempli ses droits civiques avec gravité. Maman et elle ne manquaient pas une élection. Cela se passait dans une grande salle du collège Paul-Langevin, avenue du Mont-Valérien. Après une grille de fer forgé, on accédait à l'entrée de la bâtisse en briques rouges par un nombre imposant de marches. Juliette tenait ma main gauche et, à ma droite, Maman frissonnait dans sa veste d'astrakan, héritage peu apprécié : selon elle, la doublure restait toujours froide.

Dans la salle au plafond haut, régnait un brouhaha dû à d'étranges allées et venues et à la résonance des voix. Plusieurs hommes étaient assis derrière des tables alignées le long d'un mur. Un seul, debout devant une boîte, criait de temps en temps des noms. Des noms suivis de prénoms.

Juliette et Maman se sont présentées devant ces hommes, puis, ayant pris plusieurs feuilles empilées sur les tables, elle m'ont fait signe de les suivre. Longtemps, j'ai confondu les mots « isoloir » et « urinoir ». Mon frère se moquait de moi : « On peut s'isoler dans un urinoir, mais faire le contraire est mal vu. » Elles sont ressorties de leurs cabanes. J'aimais la façon dont ma mère faisait voler le rideau par-dessus sa tête pour ne pas accrocher son chapeau.

Là, mon cœur s'est mis à battre. Les deux femmes marchaient vers la table, chacune une enveloppe à la main, le manteau de faux agneau s'effaçant devant l'astrakan. Un crâne et des lunettes se sont penchés sur un registre et l'on entendit retentir d'un bout à l'autre de la salle : « Litolf Alice, épouse B. : a voté. » J'étais émue que l'on clame ainsi le nom de ma mère, j'étais fière. Regardant alentour, j'aurais voulu que tout le monde salue sur son passage l'épouse B. qui, pour une fois, existait par son propre nom.

Alors vint le plus beau : Juliette, ayant à son tour accompli le rite de l'enveloppe, on entendit : « Perrin Julie : a voté. » J'attrapai sa main pour palper mon bonheur et m'assurer que c'était bien elle, la Perrin, six lettres ancrées dans la terre, femme à part entière, femme sans époux, que c'était bien Julie, celle dont le prénom tout frais ne servait qu'en ce jour solennel, « Julie », lancé par une voix de stentor, s'envolait au plafond puis au ciel, léger comme un voilier sur les vagues. Perrin Julie, pour la vie !

Si grande devait être mon exaltation en sortant du collège Paul-Langevin que je m'élançai vers l'escalier devant Juliette et Maman. Je trébuchai... Une méchante culbute me laissa, hurlante, sur les marches. Les deux femmes accourues me soulevaient déjà avec précaution, l'une affolée et l'autre moins, répétant avec flegme : « Si elle crie, c'est qu'elle n'est pas morte. » Il me poussa sur le front une superbe bosse, mais je me souviens surtout de la satisfaction ressentie d'avoir enfin compris pourquoi, dans les livres, on représente les coups sur la tête par une pluie d'étoiles.

A la maison, on priait beaucoup. Le matin, le soir, la confession une fois par semaine, la messe les dimanches et jours de fête. On avait tant de choses à demander à la Sainte Vierge, à Jésus et à tous ses saints. Cela aidait-il ? « En tout cas, ça ne fait pas de mal », disait Juliette. Prier pour que Papa soit libéré, prier pour avoir de bonnes notes et ainsi lui faire plaisir. Prier pour que Jean revienne, vivant ou mort, amnésique ou fantôme, mais qu'il revienne... Cette prière-là ne fut jamais exaucée.

Juliette soutient que j'étais une enfant facile : elle n'eut pas à me corriger souvent. Deux ou trois fois, elle se fâcha vraiment, dit-elle, pour motif de désobéissance grave. Je me souviens d'une fugue en vélo avec un garnement, une histoire de rouleau de réglisse dans le bas de Suresnes. J'ai oublié le feu de la fessée, mais pas le châtiment suprême : se faire mettre au lit au milieu de l'après-midi, volets et lumières fermés, voir le jour à travers les persiennes, entendre les autres dehors et, surtout, attendre le retour de Maman, en sachant qu'elle éprouverait non de la colère, mais de la peine et serait déçue de devoir respecter l'autorité de Juliette, donc la punition. « Sinon, à quoi aurait servi que j'essaye de vous élever correctement... »

En janvier 1948 eut lieu le procès. « J'ai accompagné plusieurs fois ta mère au Palais de Justice, dit Juliette. Des amis, des voisins de Suresnes sont venus aussi, pour la soutenir. La pauvre était comme folle. Elle les voyait s'acharner sur lui et lui, au lieu de minimiser, d'essayer de se défendre, il les attaquait, les menaçait de l'enfer et du Jugement dernier... Je dois dire qu'il parlait bien ! Mais il allait se perdre. Ta mère était persuadée qu'il serait condamné à mort. Il s'en fallut de peu. Tous les matins, elle courait acheter les journaux avant d'aller au Palais. Ce qu'elle lisait la faisait encore plus trembler.

» Le dernier jour, je t'ai emmenée. La famille avait le droit de rencontrer le condamné quelques minutes avant qu'on l'embarque en prison. Là, on apprit qu'il n'avait " que " la perpétuité... Déjà un miracle. Tu ne comprenais pas ce qui se passait, tu gambadais. Tu as pu embrasser ton père. On ne m'a pas laissée entrer. Évidemment, je n'étais pas de la famille... »

Albert B. devient l'un des nombreux prisonniers politiques de la prison de Fresnes. La visite a lieu le samedi après-midi. Les Sœurs de Saint-Pie-X à Saint-Cloud nous dispensent de classe ce jour-là. Sauf quand nous étions malades ou en vacances, nous n'avons pas manqué une visite. Juliette prépare le colis hebdomadaire selon les instructions de Maman et les exigences de Papa, qui sont nombreuses et variées. Plus d'une fois, Juliette s'impatiente et ronchonne dans son coin : « Bien sûr, la prison. Sans doute était-il le plus à plaindre. Mais, tout de même, il ne se rendait pas compte de la façon dont on vivait. Elle se privait de tout pour lui. Monsieur a besoin de ceci, Monsieur a besoin de cela. Les cigarettes, le papier à lettres, à dessin, l'encre de Chine, les livres, des dizaines, des centaines de livres, l'alcool solidifié pour le réchaud, le café le plus cher moulu de mes blanches mains, les fleurs, des fleurs toutes les semaines ! Écoute, ce n'est pas pour dire. Un beau jour, les fleurs furent interdites, tant les cellules en étaient pleines, je ne l'invente pas. Et le linge propre — ça, il n'y a rien à dire mais c'était du travail, beaucoup d'argent, il ne se demandait pas d'où on le sortait... Ta mère ne s'achetait rien pour elle, rien. Elle traînait le même tailleur élimé, les mêmes robes d'avant-guerre, raccourcies, rallongées, retournées, vraiment ! Une anecdocte pour te faire rire : elle avait un seul soutien-gorge qui tombait en ruine. Moi : " Achetez-vous un soutien-gorge ! " Elle : " Ça peut attendre (je t'assure que ça ne pouvait pas), Monsieur a besoin de... " Je l'ai interrompue : " Eh bien, vous n'avez qu'à dire : " Monsieur a besoin d'un soutien-gorge " et vous acheter le soutien-gorge, bon sang de bon sang ! "

» D'une semaine à l'autre, il faisait des listes et elle se décarcassait pour tout rassembler sans lui parler jamais de ses difficultés. Il ne fallait pas " l'inquiéter ". Ah, tu sais... »

Elle va le voir chaque samedi et ils s'écrivent tous les jours. Elle lui raconte le quotidien, ce qui se passe dehors, la vie de famille, les écoles, et aussi ses rencontres, ses conversations, ses rendez-vous. Il raconte la prison, la vie des moineaux qu'il nourrit et apprivoise, qui entrent dans sa cellule et savent le retrouver le jour où il change de bâtiment, il donne des conseils, se plaint parfois, mais rouspète surtout, selon Juliette. « Toute la vie, elle se promenait avec son bloc de papier, écrivant dès qu'elle avait deux minutes : dans le train, sur un coin de table, le soir, tombant de sommeil... La plupart du temps, ses lettres à lui la faisaient soupirer et pleurer. Il était jaloux. Il n'y avait pourtant pas de quoi... Les grilles doivent rendre les hommes fous. De toute façon, c'était plus fort que lui, il fallait qu'il l'engueule ! »

Toutes ces lettres, qui constituaient le double journal de huit années d'un couple séparé, où sont-elles passées ? Juliette hausse les épaules : « C'était après la mort de ton père. Elle remâchait sans fin tous ces souvenirs amers. J'en avais assez. " Vivez donc un peu pour vous, lui disais-je. Commencez par me brûler toutes ces lettres ! " On a tout brûlé ! »

Lorsque j'avançais timidement que peut-être, enfin, cela m'aurait intéressée de les lire..., Juliette se fâcha presque : « Qu'est-ce que ça aurait changé ? Tu te serais mise à remâcher, toi aussi ? Ça suffisait comme ça ! »

Le grand-père Louis ne donne pas un sou. Il pense et clame admirativement à qui veut l'entendre que sa belle-fille est un modèle de courage et d'abnégation, mais il ne pensera pas une fois à lui faire le moindre cadeau. Il paye les écoles privées et nous entretient quand nous séjournons chez lui. Point. Aussi passons-nous presque toutes les vacances scolaires à Champagne-sur-Seine. Paul et Anne s'échappent dans le scoutisme. Moi je n'aime pas. A Pâques puis l'été venu, Juliette et moi nous installons à Champagne. Maman travaille la semaine, va à Fresnes le samedi et prend le train ensuite, si elle n'est pas trop fatiguée, pour passer le dimanche avec nous.

Le matin à sept heures, branle-bas de combat. Louis ne supporte pas que l'on dorme sous son toit si lui est debout. Il tourne à fond le bouton de la radio et, si cela ne suffit pas, monte dans les chambres, ouvre bruyamment les persiennes. Une fois descendus, nous n'avons plus droit au premier étage avant le soir. On salirait les tapis. Pour jouer, il y a dehors et le sous-sol les jours de pluie.

Je partage ma chambre et mes jeux avec une lointaine cousine de Bourgogne que mon grand-père invite par largesse envers ses parents qui lui rendent des services. La Marie-Claude est une gentille fille lymphatique et peu contrariante. Elle a d'énormes poupées articulées avec de vrais cheveux, de celles que Maman a toujours refusé de m'offrir. Je suis jalouse de sa garde-robe : sa mère est couturière et, pour aller chez « l'Oncle », lui confectionne des robes à volants, des choses à dentelles et à rubans partout, une vraie princesse. Quand je la vois défaire sa valise et ranger ses affaires, je suis dévorée d'envie. Je n'en parle pas. Je sais que Maman se donne un mal fou pour nous habiller. Des dimanches entiers vissée à sa machine à coudre.

Mon grand-père, toujours charmant, ne manque pas une occasion de me faire honte devant la cousine : c'est son système d'éducation. Elle se tient mieux que moi à table, parle plus poliment, ne salit pas ses beaux atours, connaît surtout les chefs-lieux et sous-préfectures de tous les départements, sans parler des dates de l'histoire de France. Louis est un maniaque des dates et des capitales. Il me terrifie de ses questions et je reste sèche, ce qui lui permet de s'indigner, me promettant un avenir lamentable. « A quoi sert de payer des études, on se demande... » Je soupçonne la pauvre fille de rabâcher sa leçon avant de venir chez l'Oncle.

Périodiquement, Juliette fait une crise de mauvaise humeur. Louis donne l'argent « au compte-gouttes » pour les courses. Quand il tend enfin le billet attendu — « Ça lui arrache le cœur » —, il ne peut s'empêcher de dire : « Mais qu'est-ce que vous allez faire avec tout ça ? »

La brave Germaine, son esclave dévouée — « A sa place, je ne tiendrais pas », dit Juliette —, tente de la calmer : « Ne vous énervez pas, c'est toujours comme ça, on mange quand même. » Résignée, elle accepte que son maître vénéré ne lui paye que la moitié de ses gages, plaçant soi-disant l'autre moitié sur un compte d'épargne, afin qu'elle ne dilapide pas tout, en le distribuant à ses garnements de neveux et qu'il lui reste une chance de trouver un mari.

Après la mort de Louis, malgré son âge avancé, elle trouvera un mari dans sa campagne mais, pour la dot, « elle sera de la revue », Juliette le lui avait prédit : le fameux compte s'était transformé en une donation sur testament dont le fisc lui laissa le quart.

Germaine et Juliette ont chacune une chambre dans ce qu'on appelle le sous-sol et qui est, en fait, un rez-de-chaussée un peu sombre où sont répartis, en dehors des chambres de bonnes, les « communs » : une grande pièce qui tient lieu de salle à manger d'été, deux celliers, la chaufferie, la buanderie, une immense lingerie munie de deux étendages au plafond, si grands, si lourds que, lorsqu'ils sont chargés de linge, on ne peut plus les faire remonter ! « M. Louis voyait grand, mais pour l'esprit pratique... »

Il était bien avancé avec sa grande bicoque, ses vergers, ses poules, ses lapins... Sa femme disparue, son fils en prison... Je me suis souvent demandé s'il aurait été plus généreux, ta mère étant veuve, par exemple. Je ne crois pas. Sa radinerie était viscérale. Faire preuve de grandeur envers les étrangers pour les éblouir et voir les siens tirer la langue... « Vous aurez tout quand je serai mort. » La belle affaire. Le vrai paysan, assis sur ses pièces d'or. Sauf que le trésor, on ne l'a jamais trouvé !

Méfiant comme il était, il n'aurait jamais — je ne dis pas « pris une maîtresse », loin de lui cette folie, mais — eu la moindre relation avec une femme, de peur qu'elle lui extorque de l'argent ! Même cette pauvre Germaine avait compris son manège. Il lui tournait bien un peu autour, un homme est un homme après tout, mais elle, tu penses, n'était pas très coquette, avec ses pieds plats et sa moustache décolorée... Pourtant. Je vais te dire... (Juliette baisse la voix comme si Louis pouvait l'entendre)... Il lui a fait des propositions « précises ». Pour voir, elle n'a pas dit non. Là-dessus, il lui a demandé : « Germaine, est-ce que vous en parlerez aux gens de Monchanin ? » (le village d'où ils venaient tous deux). Et Germaine : « Bien sûr que je leur dirai ! » Il n'a jamais plus été question de rien ! Pas si bête, la Germaine. « Monsieur aime trop ses sous pour s'intéresser aux femmes », me dit-elle un jour qu'elle avait un petit verre dans le nez...

L'après-midi s'étire. Il fait beau. Je m'ennuie. Maman viendra peut-être dimanche. Elle me manque. Le soir, Juliette me borde, m'embrasse et descend dans sa chambre, tout en bas. C'est loin. Je n'ose pas lui dire que j'ai peur la nuit : j'imagine la mort de Maman et pleure sans fin. Le matin, j'oublie. Le soir, tout recommence.

Je m'ennuie. Déroulant dans ma tête des histoires, des jeux — Mère veux-tu ? Oui ma fille, combien de pas veux-tu passer ?... —, je tourne autour de la maison blanche qu'encercle un trottoir plat fait de dalles de ciment, comme un tablier devant une belle robe ou des patins sur un parquet ciré. Une idée du grand-père contre les pluies sournoises, les herbes, les plantes grimpantes. La fenêtre de la lingerie s'ouvre sur les tilleuls dont l'ombre découpée sur la dalle est presque immobile. Fenêtre peu haute, tout en largeur, donnant sur une pièce en contrebas. Les voix de Juliette et de Germaine s'entrecroisent dans l'après-midi calme et chaude. C'est l'heure de la sieste. De loin en loin, un rire ou un soupir profond, comme Juliette aime à en pousser pour conclure certaines phrases. Arrêtant de compter des pas de fourmi ou de géant, je viens poser mes bras nus sur le rebord de la fenêtre dont l'embrasure m'arrive à hauteur d'épaules. La pierre est granuleuse et tiède.

— Regardez qui nous épie, dit Juliette, câline. Tu sais qu'on est bien ici. Il fait plus frais que dehors.

Plus frais ? Son teint est rose vif. Sous sa blouse sans manches, elle porte une combinaison. Debout devant la longue table recouverte d'un molleton, elle repasse à gestes lents et entasse le linge odorant devant elle. Assise sur une chaise de l'autre côté de la table, Germaine reprise du linge d'homme, caleçons ou pyjamas. Des mouches vont et viennent, ou se prennent au piège du ruban jaune déroulé depuis la lampe d'opaline. Juliette me sourit :

— Qu'est-ce que tu fais de beau ?

— Je m'ennuie.

— C'est les vacances...

— On ira à la Seine ?

— Ton grand-père n'aime pas que je t'emmène te baigner sans ta sœur ou ton frère.

— Je sais nager.

— Pas moi. Il paraît qu'il y a des tourbillons.

Mon grand-père déteste l'eau. « Ça ne sert qu'à se noyer », dit-il, et il nous guette de loin, prêt à sortir la corde qu'il cache dans le coffre de la voiture.

— Tu as fait ta page de devoirs de vacances ?

— Tais-toi. Occupe-toi de moi.

— Pauvre chou, va ! Viens avec nous. Tu veux broder ?

— J'en ai assez du point de tige.

— Je vais te montrer le point de chaînette. Viens, fais le tour. Attention, tu vas tomber !

Prenant appui sur les bras, pédalant contre le mur, je me hisse sur le rebord et saute dans la lingerie. Juliette plonge dans un panier débordant de chiffons et tire un lambeau de tissu blanc, reste de drap ou de nappe. Usé, mou, il se déchire dans un bruit plaintif et lâche dans un rai de soleil un nuage de fines peluches. D'un écheveau, elle sort un fil dont elle suce le bout pour enfiler l'aiguille en louchant.

— Viens là. Regarde. Tu tires, tu fais une petite boucle, comme ça, tu la tiens avec l'ongle et tu repiques dedans. Regarde, c'est facile. A toi ! C'est bien. Comme ça. Très bien. Tu t'exerces un peu et puis tu pourras t'amuser à écrire des mots, à dessiner des fleurs avec ça, c'est joli.

Germaine acquiesce :

— Bientôt, tu pourras apprendre les jours et commencer ton trousseau.

Elles rient toutes les deux. Juliette reprend le fer à repasser et le fil de sa conversation. Munie d'un rectangle d'étoffe sur lequel j'ai tracé au crayon « Maman chérie », je m'installe sur le rebord de la fenêtre, le dos contre les persiennes repliées. Le soleil me chauffe les mollets à travers les branches du tilleul. Une mouche grésille, prise sur le ruban. Une voiture passe sur la route. Au-dessus, les pas du grand-père qui a fini sa sieste.

— Ne tire pas trop sur le fil, le tissu va froncer. Fais voir. (Son visage, près du mien, est luisant.) Non, il vaut mieux que tu recommences. Que veux-tu, « faire et défaire, c'est toujours travailler ».

Je vais m'appliquer et peut-être aurai-je le temps de finir l'enveloppe de serviette que j'offrirai à Maman dimanche, si elle vient.

Juliette allait voir sa mère chaque année quand elle prenait ses congés, quelque trois ou quatre semaines d'été. Sous prétexte de nous changer de campagne, mais en fait pour nous garder sous son aile et ne pas nous abandonner trois mois à la férule du grand-père, Juliette décréta que « tant qu'à prendre des vacances, elle emmènerait les filles chez sa mère, ça ferait d'une pierre deux coups »... Pour Maman, cela voulait dire un mois sans nous voir : c'est sans doute ce qui la faisait pleurer quand elle nous accompagnait à la gare de Lyon. Je ne supportais pas qu'elle monte dans le train, persuadée qu'elle l'empêchait de partir ou partirait avec : je ne savais quelle solution préférer. Enfin, elle s'en allait, laissant flotter derrière elle le « Cinq » de Molyneux dont elle inondait ses petits mouchoirs de fil. Dès que le train s'ébranlait, Juliette commençait à sortir les tartines à la confiture d'abricot, la brioche. Une fête.

Nous arrivions en gare de Mâcon, Juliette, ma sœur et moi. Il y avait toujours un cousin ou un ami pour venir chercher les « Parisiennes ». Quand elle nous apercevait à la grille au bout du jardin, Françoise Perrin sortait de sa cuisine en s'essuyant les mains sur son tablier noir à fleurettes qu'elle portait sur une blouse de satinette noire, puis descendait l'allée à notre rencontre. Le soleil la faisait cligner des yeux, elle mettait un avant-bras en visière. Ses cheveux gris étaient bien tirés en un petit chignon. « Vous f'tia don ! » disait-elle tranquillement, embrassant Juliette puis nous, d'un baiser sans effusion mais net. On avait le temps de sentir le chatouillis de la moustache qui agrémentait les deux coins de sa bouche. Ce baiser piquant faisait partie de Mémé Françoise comme la blouse noire, les sabots et le petit chignon, et comme ce prénom qui, en dehors d'elle, me semblait ne pouvoir appartenir qu'à une petite fille.

Pour moi aussi, elle devint « Mémé Françoise ». Je l'aimai tout de suite. Économe de ses paroles ou lâchant des phrases de patois incompréhensibles, elle m'intimidait un peu. Mais son allure calme et affairée en même temps, la façon qu'elle avait d'ouvrir sa porte, de tendre une chaise : « Cheut' te don », de poser fromage et pain sur la table, mettaient immédiatement à l'abri. Elle ne riait pas souvent, c'est vrai, ou alors de grands fous rires qui étoilaient son visage aux pommettes hautes, quand, avec ses filles, elles se racontaient des histoires en patois, des potins de village, de menus faits d'autrefois ; évoquer le passé renforçait entre mère et filles ce lien puissant, forgé moins de tendresses et de gâteries que d'un quotidien frugal et laborieux, de peines partagées, d'un attachement bourru et viscéral.

Elle ne s'épanchait pas beaucoup, mais c'était une personne que l'on pouvait suivre avec curiosité et bonheur, regarder faire ces gestes qui rassuraient : rincer le linge à la pompe puis l'étendre dans la cour avec sérieux, le regard scrutant le moindre défaut, tirer un grand drap par-dessus un lit en donnant du menton des ordres à Juliette à l'autre bout, écailler un poisson ou tuer une poule, trancher le pain, servir la soupe, debout en tête de la tablée, et être là, vêtue, chignon épinglé, le café odorant sur le coin de la cuisinière, quelle que soit l'heure du matin où l'on mettait un pied devant l'autre... Dans sa façon d'aller, d'accomplir les tâches, il y avait le poids de toutes ces années d'habitudes, de naturel et de labeur qui, pour nous, petits étrangers venus d'un passé trop récent, la transfiguraient en bon génie des cuisines, des champs et des rivières qui s'étalent...

Que pensait-elle, Françoise Perrin, de ces enfants des villes que lui amenait Juliette sa fille, les enfants de la patronne durement éprouvée par la vie, qui n'avait plus le sou pour payer les vacances ? Que pensait-elle quand son œil d'oiseau faisait le tour de ma robe à smocks, de mes nœuds dans les cheveux, de la poupée serrée sur mon cœur et du filet à papillons ? Rien, je crois. En douce elle ne pensait rien car ce qu'elle pensait, Françoise, elle le disait, et c'était peut-être : « Dis don, t'en as une belle poupée et tes bas blancs tu vas les salir », mais ce n'était jamais : « Nous, on n'avait pas ça ». Donner des leçons n'était pas son fort, pour elle un enfant ressemblait à un enfant... « Amuse-toi mon petit, mange, ça te fera grandir et reprends-en, c'est meilleur qu'à la ville, mais ça serait mieux si tu mettais un tablier sur ta belle robe. »

Elle nous ouvrait sa porte, sortait les matelas et nous adoptait dans sa vie modeste, s'amusant de notre étonnement devant les travaux des champs, de notre plaisir à aller chercher le lait à la ferme des Prolonge ou à faire des pirouettes dans l'herbe fraîche. Le matin où elle nous vit partir, armées d'un bâton et de notre déjeuner dans un torchon, pour aller garder les vaches, elle rit tellement qu'elle dut sortir son mouchoir pour éponger ses larmes. Françoise, c'était une vraie Mémé, la seule que j'aie jamais eue avec ce nom-là.

Un soir à Suresnes, j'avais sept ans, je rentrais de l'école et c'est Maman qui ouvrit la porte. Elle était donc déjà revenue du bureau ? Assise — fait rarissime — dans le fauteuil de la salle à manger, Juliette pleurait. Elle ne pouvait pas parler et j'eus peur. Maman me dit : « Mémé

Françoise est morte. » Sur le moment, cela me parut invraisemblable.

Elle n'était pas si vieille, un peu plus de soixante ans. Elle avait dit un matin : « Je suis fatiguée. » La voisine avait appelé ses filles à Lyon. Après le déjeuner, elle avait eu envie de marcher jusqu'à son potager, Germaine et Louise chacune d'un côté. Alors, elle s'était écroulée sans rien dire. Le cœur.

Le lendemain, Juliette partit prendre son train. Sur le revers de son manteau gris, elle avait cousu un crêpe. Maman lui prêta son tailleur noir et le chapeau qui avait servi pour l'enterrement de ma grand-mère, gréé des longs voiles flottants qui, dans ce temps-là, donnaient au deuil sa dignité. En m'embrassant, elle avait les yeux rouges et me dit : « Sois bien sage. Je vais vite revenir mais, tu comprends, je dois aller dire adieu à Mémé Françoise. »

L'été suivant, comme tous les étés, Hortense et Juliette allèrent passer leurs congés à Arciat. Ma sœur et moi étions du voyage. Quand le cousin nous a lâchées devant la grille, en voyant les volets clos et la mauvaise herbe dans la cour, les deux sœurs ont sorti leur mouchoir. Après quelques soupirs, sans un mot (que pouvait-on se dire que l'on ne sache déjà ?), on s'est mises au travail : les fenêtres ouvertes et tout dehors, linge, literie, matelas. La Saône avait rendu sa visite d'hiver, sans passer le seuil, il est vrai, mais l'humidité s'était incrustée dans la maison fermée.

Tout se remit à tourner. La pompe fut réamorcée, la mauvaise herbe arrachée, et pendant une semaine le contenu des placards flotta au soleil, puis fut replié avec satisfaction, fleurant le foin coupé. Hortense et Juliette s'installaient, retrouvant pour un mois les gestes de leur mère, ceux aussi qu'elles avaient appris depuis toujours. La maison de Françoise et Charles Perrin était devenue leur maison.

Il y eut bien d'autres étés à Arciat, qui reléguèrent ceux de Champagne-sur-Seine derrière leurs grilles noires et leurs murs immaculés. L'été de la pêche aux grenouilles, qu'on enfermait dans un seau avec un fil à la patte, et aux poissons-chats des Croisettes ; celui du premier tour de grand vélo autour du hameau ; celui des journées entières dans les champs à bâtir des cabanes parmi les saules et à suivre, admiratives, le Maurice qui se pendait à la queue des vaches pour nous épater ; celui où l'on attrapa les poux de la Noëlie ; l'été des orages qui saccagèrent les pêchers du jardin ; tous ceux des folles parties avec les enfants de la Titine Barbet, des Hyvernat et des Terraillon, celui où Maman, à bout de fatigue, vint enfin prendre un peu de repos, loin de Fresnes et de Bécon-les-Bruyères. « Le jour où elle est arrivée, raconte Juliette, elle ne monta même pas jusqu'à la cuisine. On lui sortit une chaise longue au milieu du carré d'herbe, elle y tomba en soupirant et, dans mon souvenir, elle n'en est pas sortie de quinze jours ! » C'est peut-être cette année-là que l'on fit en autocar le pèlerinage à Ars pour se recueillir devant la châsse dorée de sainte Philomène et prier le bon curé d'Ars, le saint préféré de Maman. On put visiter sa maison et voir le parquet brûlé par les apparitions intempestives du démon...

Un beau dimanche d'août. Il y a la fête à Crèches. Après le café et la vaisselle, Juliette a promis que nous irons nous y promener.

J'ai dix ou onze ans. Je suis presque aussi grande que Juliette, mon bras est passé sous le sien, nous marchons à un rythme régulier et lent. Nous saluons des gens, avançant entre un manège et une baraque de tir où tourne une roue de pipes blanches, fendant au soleil une foule contente de gens d'ici et d'ailleurs, d'enfants qui se poursuivent, se bousculent et rient en soulevant la poussière. Le bras de Juliette est frais, sa peau blanche et douce. Elle porte une robe de toile d'un bleu éclatant qui fait ressortir la blondeur de ses cheveux fraîchement mis en plis, son teint clair, la peau laiteuse de son cou qui émerge d'un décolleté bateau. Les manches de la robe sont raglan et courtes, bordées d'un liseré blanc. La jupe, évasée en corolle, forme des plis mous qui ondulent à chaque pas. Une magnifique robe bleue des dimanches, le bleu du manteau de la Vierge. Juliette a peint ses lèvres d'un rouge vif, rouge « Baiser », s'est parfumée avec « Soir de Paris » de Bourjois. Bras dessus, bras dessous, nous fendons la foule, on nous regarde, on se retourne sur notre passage. J'adore cette robe bleue qui remue autour de nous, légère comme un métrage de ciel, m'enveloppe, me porte dans ses plis. On nous regarde et je suis fière, si fière que l'on puisse penser cette après-midi, à Crèches-sur-Saône, que Juliette est ma mère.

Lorsque Maman admit enfin que j'étais trop grande pour mon lit d'enfant, elle acheta des lits gigognes que l'on réussit à caser dans la salle à manger. On les dépliait le soir, Juliette et moi dormions côte à côte. Elle portait des chemises de nuit en finette et une robe de chambre en laine des Pyrénées.

Quand je suis malade, si je dors mal ou me plains la nuit, elle étend la main et me parle doucement. Juliette sait beaucoup mieux soigner que Maman, qui ne peut cacher son inquiétude. Juliette prend les maladies comme le reste : elle s'en occupe. Infusions, compresses, ventouses, cataplasmes, l'important c'est de proposer le remède et il y en a toujours un pour guérir. Debout près du lit, les mains croisées sur son tablier, elle observe du même œil de stratège averti — « A moi, on ne la fait pas » — varicelle, oreillons et même broncho-pneumonie, hochant la tête, mesurant l'ennemi, puis s'en va quérir à la cuisine l'arme la plus sûre pour le vaincre, sous forme de bouillon, de purée magique, d'inhalation ou de baume invincible. Le soir, en bon aide de camp, elle fait son rapport à Maman et la rassure, même s'il n'y a pas de quoi.

Un jour, à neuf ou dix ans, en jouant aux gendarmes et aux voleurs dans la cour de récréation, je me casse une jambe. Inutile de décrire l'affolement de ma pauvre mère, elle faillit gifler un infirmier qui me parlait durement. Juliette reste sereine et, après une nuit blanche ou deux, ne fait que constater que je suis l'attraction du quartier : les cadeaux pleuvent sur mon plâtre frais. « Tu ne t'es pas trop mal débrouillée. » Ce n'était pas la mode, alors, des « plâtres de marche » ; pendant plusieurs semaines, le traitement de faveur continue, mon frère Paul me transporte partout dans ses bras et je ne vais pas à l'école. Une fois déplâtrée, je marche avec une canne. Juliette se moque tendrement de moi en patois : « Guét don la gréta », « Regarde la petite vieille ». Cahin-caha, nous allons nous promener à « la Terrasse », vaste plate-forme soutenue de hauts murs qui surplombe la gare. Juliette se met à rire en me regardant, « cinq et trois font huit », chante-t-elle et raconte déjà les histoires de la Torine, « cinq et trois font huit », du temps où elle était un garnement de village...

Même dans l'adversité, ma mère a toujours gardé sa distinction, son mystère, ses manières de dame. A Suresnes, les dimanches, il y avait des visites. Au déjeuner, on conviait parfois un cousin ou un abbé de la paroisse, mais les visites venaient plutôt pour le café. Sur la nappe brossée de ses miettes, Juliette posait les tasses, la cafetière, une brioche ou une tarte aux pommes, s'arrangeant pour dissimuler les taches de vin ou de sauce. Puis elle retournait finir la vaisselle.

Dans la salle à manger, on avait fait entrer un piano droit, le buffet alsacien, une armoire et nos lits. Quand les invités se serraient autour de la table, relativement grande, plus personne ne pouvait bouger.

Depuis le procès, les « vrais » amis s'étaient faits rares. Une ou deux familles nous fréquentaient sans arrière-pensée. Ces braves gens, liés de près ou de loin au PPF, dont on ne prononçait plus le nom, faisaient leur B.A. tous les deux ou trois mois en venant jusqu'à Suresnes rendre visite à la pauvre Alice. « Ça faisait plaisir tout de même », dit Juliette, dont l'amie préférée restait Ninon, la fidèle de Lyon. Son mari, en sortant de prison, lui fit deux enfants. Ainsi, il y avait les grands, d'avant le PPF, et les petits, d'après.

Parmi les invités du dimanche se trouvaient quelques femmes dans la « même situation » que Maman, avec un homme derrière les barreaux et, parfois, une progéniture à laquelle je devais faire les honneurs du jardin. Cela se jetait sans pudeur sur la brioche et l'assiette de petits-beurre. La conversation était rarement gaie, ces dames vivant mal leur solitude et « la honte ». N'étant pas femme à se lamenter ni à sortir son mouchoir devant le « malheur partagé », Maman distribuait les conseils, remontait le moral de ces petites femmes sans expérience de l'infortune, dont les maris allaient pourtant passer moins de temps en prison que Papa... « Pour ça, c'est lui qui tient le pompon », disait Juliette qui n'aimait pas voir Alice « perdre son temps et sa jeunesse » avec ces veuves gémissantes. Nourries et rassérénées, elles s'en allaient, ne manquant pas de faire remarquer avec une certaine envie : « Vous, vous avez Juliette. » « Tiens, c'est sûr, mais c'est justice », marmonnait l'intéressée, en les poussant vers la porte.

Venaient aussi, aux dimanches de Maman, des messieurs timides la première fois, qui le devenaient moins au fur et à mesure des visites. Vêtus proprement de bleu marine ou de marron, ils lissaient de la main leurs cheveux, après avoir ôté leur chapeau ou leur béret. Ils appréciaient fort le café et les pâtisseries de Juliette qui les tenait à l'œil. Certains se faisaient éliminer tout de suite. D'autres, ayant fait leurs preuves, devenaient des habitués. C'étaient d'anciens PPF quelquefois, restés fidèles à une « certaine image », puisqu'ils ne s'étaient pas sauvés avec la caisse, et, plus souvent, des connaissances que Papa faisait en prison. Puisqu'ils avaient la chance de sortir avant lui, il leur donnait l'adresse de sa petite famille : quelques heures de chaleur dans un foyer chrétien, assorties des conseils de l'abbé C. s'ils le méritaient, le sourire de Maman, le café de Juliette, feraient plus, pensait Papa, pour un nouveau départ dans la vie, que de longs discours. On eut parfois de mauvaises surprises comme Untel, qui adorait les enfants et vint me regarder d'un peu près dans la salle de bains : Juliette le fit décamper vite fait et conseilla à Maman de ne pas se laisser émouvoir par les jeunes anges, ex-Waffen SS repentis ou non, qui, connaissant son point faible, lui susurraient qu'ils « l'aimaient comme un fils ».

Au sein de cette société hétéroclite, Maman gardait calme et sang-froid, acceptant une boîte de chocolats ou un bouquet de fleurs de temps en temps, sous le regard méfiant de Juliette. « Allez donc voir ma femme... Monsieur ne se rend pas compte de ce qu'il lui impose avec sa cour des miracles. Un jour, ça tournera mal... » Ce qui n'arriva pas car Juliette était vigilante. Bien plus, elle récoltait une partie des fleurs : celles qu'Alice lui lançait dès qu'elle en avait l'occasion. Aux nouveaux venus, comme à ceux qui nous connaissaient « d'avant », elle vantait les mérites de « ma Juliette ». Était-ce une façon pour elle de rendre hommage à sa « fidèle compagne des jours sombres », consciente qu'elle était de ne jamais pouvoir la « payer » à sa juste valeur ni jamais lui « rendre » la mesure de tout l'amour, de tous ces jours qu'elle nous consacrait « gratuitement » ?

Ce moment de la reconnaissance publique venait généralement quand la cafetière était vide, les gâteaux avalés ou que la conversation tombait. Bruit de vaisselle que l'on range, cris d'enfants dehors, Maman sortait une cigarette, une main se tendait pour la lui allumer, elle soupirait : « Nous avons tout de même une vie de famille... Il en est de plus malheureux... Et tout cela grâce à qui ? (Elle regardait autour d'elle.) Juliette ! (Elle appelait.) Juliette ! Venez un peu avec nous ! » Juliette arrivait, son torchon à la main, souriante. « Eh bien, continuait Maman, c'est grâce à ma Juliette », et ses yeux s'emplissaient de larmes. « C'est bien normal, Madame, marmonnait Juliette émue elle aussi, je n'allais pas vous planter là. »

Les chaises remuaient, des nez reniflaient et il se trouvait quelqu'un pour ajouter : « Il y aura des jours meilleurs. Ce n'est pas possible autrement. Vous le méritez. — Prions pour cela, disait Maman, puis, se ressaisissant : encore un peu de café ? C'est si vite fait. » Mais les invités, pleins de tact, regardaient leur montre et se levaient pour partir, au grand soulagement de ma Juliette.

Pour ses deux dernières années de captivité, Papa a droit à des vacances. On lui propose de l'installer dans un camp de délinquants à Oermingen, en Lorraine. Dans ce « centre modèle », on éduque les jeunes prisonniers en leur apprenant un métier. Albert leur enseignerait la chimie et la mécanique. Il accepte. Fini les samedis de Fresnes. Maman est un peu triste. « Elle ne le verra plus chaque semaine, bon, dit Juliette. Mais le voir derrière des grilles puantes, la belle affaire ! Elle restera un peu tranquille le samedi et lui se dégourdira les pattes. Chacun y trouvera son compte. » Ce qui fut fait.

Il y a bien des barbelés sur deux rangs, des miradors, à Oermingen, mais, au milieu, un espace assez vaste où les prisonniers circulent sans contrôle, d'un bâtiment à l'autre. Pour Albert, presque une vraie chambre avec une fenêtre sans barreaux, et deux compagnons. Pas de verrou à la porte. Bientôt un chat blanc. Il nous envoie une photo prise au printemps devant sa fenêtre. On y voit un pot de géranium, un fil avec une épingle à linge et, dans les bras de mon père qui sourit, une cigarette au coin des lèvres, le chat, aux yeux mi-clos.

La famille est allée le voir deux fois, à Pâques. Une expédition dans la 15 CV Citroën du grand-père. Juliette n'était pas du voyage. « De toute façon, il n'y aurait pas eu la place. » Je garde le souvenir de petites routes traversant des villages ayant chacun deux églises — la catholique et la protestante — et étalant généreusement le fumier devant les portes ; nous dormions dans les chambres glacées de Mme Do, la plantureuse aubergiste avec laquelle Maman avait le plaisir de parler un dialecte commun, agrémenté de rires et d'onomatopées affectueuses. Je sens encore sur la peau le froid cuisant d'un dimanche de Pâques au sortir de la messe, froid de l'est figeant nos habits de printemps, robe de tobralco à fleurs et veste de ratine rouge dont Juliette avait cousu, la veille du départ, les boutons dorés.

Pendant trois jours, nous pouvions voir Papa environ deux heures le matin et autant l'après-midi. On se rencontrait dans le réfectoire autour d'une grande table, assis sur des bancs. C'était bizarre. On pouvait le toucher, l'embrasser, il sentait la lavande et le tabac. Il me prenait sur ses genoux, je me sentais déjà grande. Il me prêtait un bloc, un crayon et je dessinais pendant qu'ils parlaient. Maman lui tenait la main, disant à l'un de nous trois de venir tout près de lui pour lui tenir l'autre main. Arrivait l'heure de se quitter. On hésitait, on ne savait plus quoi se dire. Mes parents s'embrassaient sur la bouche en fermant les yeux. Cela me gênait, je regardais ailleurs. Puis il sortait son mouchoir pour essuyer les traces de rouge. Elle avait les yeux pleins de larmes. Dehors, il y avait du vent. Il allumait une cigarette en relevant le col de sa canadienne et nous regardait nous éloigner.

Pendant le voyage de retour, le grand-père tenait absolument à ce que nous nous arrêtions pour déjeuner au « Pied de cochon », à Sainte-Menehould.

Dans le train entre Suresnes et Bécon-les-Bruyères, Maman s'est fait une amie, Mado, qui travaille dans un bureau à Saint-Lazare. Mado a deux enfants : Pierrot, de mon âge, et Marie-Jo, qui sympathise avec ma sœur. Tous les jours pendant le trajet, les deux amies se racontent leur vie en tricotant. L'été, Mado et sa famille vont passer les congés payés à Longeville-sur-Mer, en Vendée. « Pourquoi ne viendriez-vous pas avec nous, dit Mado, il y a des villas à louer pas cher et ça ferait tant de bien aux enfants... »

Maman hésite. Grâce aux multiples démarches, à un Garde des Sceaux qui a l'air plutôt bienveillant, le dossier d'Albert B. est bien placé pour être révisé, une remise de peine pourrait intervenir, on parle d'amnistie. « Ce n'est pas en août que ça arrivera, ils sont tous en vacances », la convainc Mado.

« Pas cher », chez nous, c'est toujours trop cher. Alice n'a pas le premier sou. Prête à tout, elle tente sa chance auprès du grand-père. Refus catégorique. La mer ? Elle n'est pas folle ? Comment peut-on avoir des idées pareilles !

Chez Alice, c'est devenu une idée fixe : le sel, l'iode, les embruns, le soleil — le salut dont nos santés dépendent. Elle « s'abaisse » à demander un rendez-vous au directeur des Usines du Rhône et là — elle sur le bord de sa chaise, tremblante, lui l'œil bonhomme derrière son bureau Napoléon III — on lui fait l'aumône de quatre semaines sur l'Atlantique, location et voyages compris, sous la forme de quelques billets sortis discrètement d'un portefeuille et glissés dans une enveloppe.

A douze ans, je n'avais jamais vu la mer. Juliette, à cinquante ans, non plus. Nous fûmes émerveillées lorsque nous la découvrîmes, bras dessus, bras dessous, aux Sables-d'Olonne, en attendant le car. « Je n'oublierai jamais ça, dit Juliette. Une vraie carte postale. La grande étendue bleue, les petits bateaux au loin et le soleil qui allait gentiment se coucher. C'était beau. C'était immense. »

A deux kilomètres de la plage environ, nous nous sommes installés dans notre « villa » : deux pièces sur une cour de ferme, accolées à l'écurie où, toute la nuit, deux braves chevaux de labour font la java. Le bonheur. Nager, les vagues, la peau dorée. Juliette qui a le teint clair prend quelques coups de soleil et arbore le premier maillot de bain de sa vie, une pièce à jupette et baleines de soutien-gorge en coton bleu imprimé de poissons multicolores. Maman a le même en noir, elle les a achetés ensemble, au Printemps. Courageusement, son bonnet de caoutchouc bien enfoncé, Juliette me suit dans les vagues. « Attention, pas trop loin, je ne pourrai pas aller te chercher... » Un jour, on ne se méfie pas, les vagues sont fortes, elle perd pied, se fait rouler, boit la tasse encore et encore, n'arrive pas à s'arracher aux rouleaux. Je parviens enfin à la tirer de là, les cheveux pleins de sable. Un grand fou rire s'empare de nous. « C'est Bécassine aux bains de mer ! » Elle s'en souvient, elle en rit encore !

Il y eut cet été-là un remaniement ministériel, le Garde des Sceaux changea, à moins que ce fût son premier secrétaire. En tout cas, le dossier B. repartit sous la pile des attentes : Albert en reprit pour un an. Ce n'est que l'été suivant que la grâce, enfin, intervint. Lorsque le télégramme arriva à Longeville-sur-Mer où nous étions retournés, on eut peine à y croire. Maman poussa un cri et entonna une prière. Cette libération, c'est Dieu qui nous l'envoie. « Il a mis le temps, dit Juliette pour accueillir la nouvelle, mais tout ce qui tombe du ciel est béni... »

Le 28 août 1953, Alice écrivit à un ami : « Albert est enfin rentré. Nous l'avons cherché — au complet, Grand-Papa compris — samedi dernier. Dimanche à Strasbourg, lundi à Mulhouse, où il était domicilié, pour les formalités. Pas d'interdiction de séjour. Alors, la joie enfin est revenue… »

Ton père est là, il faut faire avec.

Je me souviens de vos visages quand vous êtes arrivés à Suresnes, tous coincés dans la 15 CV, des valises sur le toit. Ton père au volant, Paul devant, entre père et grand-père, et les femmes à l'arrière. Il s'est approché de moi, m'a tendu la main puis m'a embrassée. Il était ému, moi aussi. Une paye qu'on ne s'était pas vu.

— Vous n'avez pas changé, Monsieur, lui ai-je dit.

— Vous non plus, Juliette, toujours jeune et belle !

Et puis tout de suite, là, sur le mâchefer, me tenant par les épaules, il s'est mis à me remercier, comme si ça ne pouvait pas attendre !

— Merci, Juliette, merci pour tout ce que vous avez fait, toutes ces années…

Que voulais-tu que je dise. D'ailleurs, je n'ai rien dit, je vous ai embrassés et on a vidé la voiture. J'avais une drôle d'impression, quelque chose venait de se terminer. Une ère nouvelle commençait… C'est maintenant qu'on avait besoin de prières !

Le jour même, ton grand-père rentrait à Champagne. Tes parents dormiraient dans la chambre, Anne prit donc mon lit dans la salle à manger, avec toi, et je remontai dans mon petit lit-cage. La vie continuait…

En septembre 1953, Albert écrit au même ami cher : « Aussitôt dehors, il me faut reprendre contact avec toutes les réalités de la vie “ libre ” qui s'appellent travail, compte en banque, pain quotidien... Tout en m'efforçant de retrouver mon équilibre complet, il me faut au plus tôt préparer l'avenir et surtout remplacer dès que possible ma femme et mon fils pour l'entretien matériel du foyer... »

L'appartement est très petit. Cela dure une année encore, les uns sur les autres. Installé dans la salle à manger, il passe des heures à écrire, à préparer des dossiers, à lire, à ouvrir les yeux sur une après-guerre qui s'est remise en route sans lui. Le soir, il vide des cendriers débordant de mégots.

Partout, aux amis, aux familles, on a annoncé le retour du père prodigue. A sa cousine d'Allemagne, Alice écrivit : « ... *ich bin endlich wieder ein Mensch wie ein anderer* *. »

La joie enfin revenue ?

Ce n'était pas si simple, dit Juliette. Ce qui est vrai, c'est qu'elle se sentait enfin « une femme comme les autres », elle me l'a dit aussi. Car, avant, la solitude lui pesait non seulement à l'intérieur du foyer mais à l'extérieur, vis-à-vis

* « ... je suis enfin redevenue un être humain comme un autre. »

des gens. Son homme était rentré, n'ayant apparemment perdu dans la bataille que ses cheveux et ses droits civiques. Mais la joie ? Je ne sais pas. Elle ne me parlait pas de leurs retrouvailles. Ils étaient restés si longtemps séparés, chacun de son côté bâtissant son rêve, ses projets d'avenir, pas forcément les mêmes... Cinquante ans chacun, pas le meilleur âge pour reprendre son envol. Quelque chose a dû se passer qui ne ressemblait pas à la joie pure. Elle n'était pas femme à se plaindre ni lui homme à faire des confidences... Elle l'aimait toujours, plus que toujours. Lui ? Il était surtout « préoccupé », je crois. Bref, les contes de fées, enfin, tu sais bien que ça n'existe pas.

Temps, joli temps des retours et des bouleversements. Avec celui du père, le retour aux normes : notre famille a son chef, intrus malgré lui dans un univers féminin qui tournait assez bien autour de son absence. Mais il faut changer de vie, de maison, d'habitudes.

Au bout de quelques mois, les contacts s'avèrent positifs puisqu'un jour, éblouies, nous le voyons arriver au volant d'une grosse Frégate noire. D'anciens amis de l'industrie (et non politiques : avec ce passé-là, il a coupé les ponts) lui font confiance en lui offrant les capitaux pour monter une affaire personnelle. Il se lance dans les matières plastiques.

A Juliette comme à moi, il reste de cette époque des images de campagne humide et triste. Une petite usine de ciment froid à Marolles-en-Hurepoix, un bâtiment pour les bureaux, chauffés avec des radiateurs électriques, trois, quatre personnes y travaillant, l'air transi, se levant avec des sourires forcés quand nous passions par-là, une maison bourgeoise un peu à l'écart dans un parc qui avait dû être beau dans le temps, où Albert avait installé les trois ménages de ses employés connus en captivité... Et, pour garder ce petit monde besogneux, deux bergers allemands superbes et terrifiants, enfermés le jour derrière les grilles d'un chenil et lâchés la nuit dans la nature. Injustement appelés Tintin et Milou, ils me faisaient une peur bleue quand ils sautaient en haut des grilles en montrant les crocs. Devant mon père, ils s'aplatissaient. « Je ne voudrais pas avoir ça chez moi, disait Juliette, ton père a toujours aimé les fauves... »

Nous nous arrêtions presque tous les samedis à Marolles, c'était sur le chemin de Champagne. Mon père était fou quand il me voyait tenir avec amour, posé sur mes genoux, le bocal habité par mon poisson rouge, Arthur. Juliette veillait au grain, assise près de moi sur les coussins de lainage gris de la Frégate et me faisait signe de ne pas répondre à sa grogne. « Laisse pisser le mérinos ! Ne sois pas comme ta mère qui se fait rabrouer dès qu'elle ouvre la bouche ! »

« Il a trop de soucis », soupirait ma mère pour excuser le naturel irascible de son époux. Seuls l'adoucissaient le vin de Bourgogne et les discours du général de Gaulle à la télévision. Tout ce que je sais de Marolles, c'est que ça ne dura pas longtemps. Des machines tournèrent quelque temps, qui fabriquaient une chose souple et lisse ressemblant à du cuir. J'entendis mon père crier un jour au téléphone : « Il n'y a que la camelote qui marche ! (Puis, écœuré :) Je ne vais tout de même pas devenir un fabricant de jouets ! » Réflexion à rapprocher des « Chewing-Gum Hollywood » dont la direction lui offrit une situation qu'il refusa avec superbe. Juliette en est encore indignée : « Il trouvait que ça ne ferait pas sérieux sur sa carte de visite ! Au moins, il aurait gagné sa vie. Un orgueil pareil, je n'ai jamais vu. »

Les employés de Marolles, ainsi que les amis-restés-fidèles, furent invités à la grande fête donnée à Champagne pour ma communion solennelle. Après quoi, l'affaire capota. Tous licenciés, ils disparurent avec leurs familles, fâchés à mort avec le patron... On ne les a jamais revus. Les bergers allemands non plus.

La Frégate fut bientôt suivie d'une autre opulence, celle-ci arrachée de haute lutte par Albert à l'avarice du grand-père Louis. « A se demander lequel était plus têtu que l'autre. » En effet, le fils réussit à « faire cracher » au père le capital de départ nécessaire pour l'achat à crédit d'un appartement à Paris. Autre retour : le seizième arrondissement, mais près de l'église d'Auteuil.

Le standing s'améliora aussi du côté de l'office. Juliette avait sa chambre dans l'appartement, avec lavabo. Montée en grade, elle répondait au téléphone d'une voix inénarrable : « Monsieur n'est pas là, non, ce n'est pas Madame, c'est la gouvernante. »

Chère gouvernante de nos vies, tu gouvernais bien en effet, le vrai capitaine à bord, c'était toi ! « Ce qui ne s'améliora pas, ajoute Juliette blasée, c'est le pouvoir d'achat... Seizième ou banlieue, Frégate ou pas, on était toujours aussi fauchés. Les affaires de Monsieur périclitaient. Cet homme n'arrivait pas à repartir. Ça se comprend. Cinquante ans passés, c'est dur. La politique, la prison lui avaient coupé les bras. Une vraie galère, tout ça, dont il ne sortirait jamais. A la mort de ton grand-père en 1956, l'héritage, bernique ! Les pièces d'or, s'il y en eut jamais, plus trace ! Monsieur héritait de la maison, qui très vite lui coûta plus qu'elle ne rapportait. On se mit à grignoter les vergers, vendant par-ci, vendant par-là. Et on continua d'y passer des vacances... »

Avait-elle besoin, franchement, d'aller à cet enterrement ? Une vieille dame qu'elle ne connaissait même pas, la mère d'un ami de Monsieur, évidemment, un de ceux qui avaient financé Marolles, je suppose. Il n'aurait pas pu y aller, lui ? Non. Les politesses, les corvées, elle était là pour ça. Je l'ai regardée partir dans sa veste d'astrakan. Elle m'a fait signe : « Ça ira, Juliette. » Je n'oublierai jamais.

Après cette maudite cérémonie dans la région lyonnaise, elle est allée chez ses amis du Péage-de-Roussillon ; elle devait y passer la nuit et rentrer à Paris le lendemain. Mais il y a eu ce coup de téléphone dans l'après-midi. Ma pauvre Alice était tombée en buvant son café. Avant de s'évanouir, elle avait crié : « Non, non. » Je demandai : « C'est grave ? » Oui, c'était très grave. La fille des amis, infirmière par chance, l'avait fait transporter à l'hôpital de Vienne. Elle était dans le coma. Il fallait venir.

J'ai dû prévenir Monsieur. Il ne comprenait pas ce que je lui disais. Il a commencé par hurler que je racontais des bêtises, je me trompais sûrement. J'ai répété toute l'histoire, j'avais du mal. Après un long silence, il a dit : « J'arrive. » Sa voix était méconnaissable, on aurait dit qu'il pleurait.

A l'âge de cinquante et un ans, Alice B. venait d'être atteinte d'une hémiplégie. Elle sortit du coma au bout de trois jours, puis eut une seconde attaque. Elle ne mourut pas. Mais la moitié droite de son corps resta paralysée, la partie gauche de son cerveau étant irrémédiablement endommagée par l'hémorragie. A l'hôpital de Vienne, elle fut bien soignée. On nous dit que ce serait long. Elle avait peu de chance de récupérer. Dans quelques mois, au mieux, la chaise roulante. Nous étions désespérés.

Mon père ne disait rien, il pleurait dans le couloir. Paul ne disait rien, ses yeux étaient immenses et, quand on a dû laisser Maman pour rentrer à Paris, elle ne pouvait pas parler, mais tenait la main de Paul et ne regardait que lui. Anne resta auprès d'elle, ne la quittant pas pendant plus de deux mois. Elle m'écrivit de longues lettres.

Sur le chemin du retour, nous ne parlions pas. Seule à l'arrière de la Frégate, je me souviens que je pensais, en regardant défiler les arbres le long de la route : elle ne pourra plus me coudre mes robes. J'avais quatorze ans. A cette époque, on portait encore des Socquettes blanches.

Quand elle fut transportable, on la ramena à la maison. Elle avait fait des progrès, pouvait parler un peu, remuer un pied et un doigt. Mon père avait cru bien faire en louant un de ces lits en métal pour grabataires, plein de poulies, pour faciliter les soins. Quand on l'a posée là-dessus, elle fit une telle scène qu'on eut peur d'une rechute. On la coucha dans son lit. Juliette envoya Albert dormir dans son bureau et dit qu'elle se débrouillerait pour les soins, elle en avait vu d'autres.

Le soir, je la retrouvai dans la cuisine en train de pleurer sur les légumes de la soupe. « Ça, c'est trop, disait-elle, c'est vraiment trop. On s'en est pourtant déjà vu, mais là... » Je n'avais jamais vu Juliette se décourager. « Tu comprends, ce n'est pas la même femme. Ce ne sera plus jamais pareil... » Je savais, oh, comme je le savais.

Juliette se ressaisit vite et assura la survie du quotidien. On comptait sur elle. Il n'y avait qu'elle. A nouveau, elle « fut là », omniprésente, menant la baraque, jouant à la fois la bonne, la gouvernante, l'infirmière et la mère, doublement.

Suivirent des années tristes qui, sans la présence de Juliette, sa santé, ses chansons, son art de laisser la vie couler son chemin en en tirant le meilleur, auraient été insupportables à plus d'un. Des années dominées par les tentatives malheureuses d'Albert B. pour se refaire une place dans la société. Il ne verrait le bout du tunnel qu'à la veille de sa mort, à soixante ans, ironie du destin qui jamais ne permit à cet homme de « réussir quoi que ce soit dans sa vie, selon Juliette, alors qu'il en avait les moyens, que diable ». Des années assombries par la mort de mon frère Paul. Quelques mois avant son père, auquel, je pense, cela donna le coup de grâce. Des années, aussi, éclairées de cette seule lueur : Alice, contre toute attente, est vivante, elle vit et survit aux morts et aux chagrins. Voilà belle lurette qu'on ne se demande plus quel visage aurait la vraie vie si elle n'avait celui de Juliette. De temps en temps, toutes les deux, Alice et Juliette, se regardent dans les yeux, hochent la tête et se mettent à rire.

1967.

Le matin je me lève, m'habille et j'avale mon Ricoré à la cuisine. Si elle dort, tant mieux, je fais doucement. Quand elle se réveille, Madame m'appelle. J'ouvre les volets. Je vais l'embrasser, lui installe son oreiller, l'aide à s'asseoir, lui enfile sa liseuse.

— Quelle tête j'ai ce matin, Juliette, demande-t-elle, et ne me racontez pas d'histoire !

— Mais vous êtes très bien. Avez-vous bien dormi ?

Elle me dit ses rêves, quand elle s'en souvient. Je lui apporte son petit déjeuner, décaféiné au lait et biscottes, et je m'assois un moment près de son lit. Nous bavardons. Rien ne nous presse. Nous parlons des repas, des emplettes à faire.

— Est-ce que la petite rentre ce soir ? Il faut lui préparer un dessert.

La « petite » a vingt-cinq ans, pour nous elle est toujours la petite et on veut la gâter. Elle a encore sa chambre ici. Madame ne veut pas rester au lit très longtemps. Je lui dis toujours : « Reposez-vous. » Non. « Je passe ma vie à me reposer maintenant, Juliette. » Dans le fond, elle a raison. Elle se lève en disant : « Allons-y », et programme ses journées comme si elle avait une foule de choses à faire. Croyez-moi, elle sait s'occuper. Si elle restait couchée (souvent, elle n'a pas envie d'autre chose), si elle ne se secouait pas tous les matins : « Allons-y », elle n'aurait plus de raison de se lever et, à ce rythme, elle aurait tôt fait de s'endormir pour de bon…

Je l'accompagne jusqu'à la salle de bains, le matin sa patte folle a du mal à se mettre en route. Quand elle a fini sa toilette, je l'aide à s'habiller. Puis elle va s'asseoir dans le fauteuil près de la fenêtre du salon. Elle met ses lunettes, regarde le journal ou le courrier. Pas longtemps. Ça la fatigue. Je vérifie qu'elle a sa canne près d'elle, le téléphone, son panier à tricot, et je m'en vais faire les courses.

Quand il fait beau, par la fenêtre ouverte, elle me regarde partir du haut de son cinquième ou regarde simplement les gens marcher dans la rue. Avec la télé, c'est sa seule distraction. Bien souvent, je vois ses cheveux blancs dépasser là-haut quand je reviens. L'hiver, je la retrouve à la même place en train de tricoter ou bien les yeux perdus dans le ciel au-dessus des toits. Elle a réappris à tricoter de la main gauche ; la droite, restée inerte depuis son attaque, ne lui sert que de « presse-papier », comme elle dit.

Je me rassieds un peu près d'elle — que voulez-vous qu'on fasse d'autre ? — et lui raconte mon trajet chez les commerçants, ce que j'ai glané comme nouveautés dans le quartier, les petits potins de notre concierge... Je lui montre ce que j'ai dans mes paniers, elle aime toucher, sentir l'odeur des légumes et des fleurs, anémones, renoncules, freesias, que je lui rapporte : il y a toujours des fleurs fraîches à la maison.

Il est bientôt temps de déjeuner. Toutes les deux, on ne fait pas de folie mais tout de même, on sort une nappe. Elle vient faire un petit tour à la cuisine, clopin-clopant : « Il me faut de l'exercice, Juliette », en plusieurs voyages met elle-même le couvert à la salle à manger. Après le repas, il lui faut son café. Elle ne fume plus, mais ne peut se passer de son petit jus. Le docteur lui a permis. « Si elle veut un café, donnez-le-lui, ce n'est pas ça... » On sort les jolies tasses blanc et or de l'avenue Rodin. Et puis c'est l'heure des réussites. Je débarrasse, j'enlève les miettes et, chacune ses lunettes sur le nez, on aligne nos cartes. Ça passe le temps. Toujours la même patience, on n'en connaît qu'une. « Patience », on peut le dire ! J'en ai vite assez, je vais à ma vaisselle.

Je retrouve Madame assise dans son fauteuil ou allongée pour une petite sieste, ou bien elle a mis un disque. Elle a aussi toujours une broderie en route. Le point de croix, d'une main c'est facile, avec le tissu pris dans un métier, deux cercles de bois s'emboîtant et fixés à l'accoudoir. Coussins, enveloppes de serviettes, que n'en a-t-elle brodés !

L'après-midi, s'il ne fait pas mauvais, si elle est bien disposée, on descend faire une promenade dans le quartier. Quelquefois, je la laisse aller seule, elle y tient. « Mais alors, Madame, juste le pâté de maisons. » Je n'aime pas ça, je piétine devant la fenêtre. Elle voit très mal de son œil droit, mais c'est important pour elle. Elle revient toute fière.

Ce qu'elle préfère, c'est les visites. Elle les attend impatiemment. Sa sœur Mathilde vient de Suresnes une fois par semaine, avec des gateaux, des petits pains ; on se fait un goûter de dames avec un bon café, on bavarde, on parle des enfants, des amis, de ce que chacun fait dans la vie, on parle d'autrefois. Sans s'en rendre compte, les deux sœurs se mettent à dialoguer en alsacien. On rit. On passe le temps.

Ma sœur Hortense vient un dimanche sur deux. Sinon, c'est moi qui vais la voir. Elle est cuisinière dans une famille du côté de Montparnasse.

Madame va parfois à la messe le dimanche, je l'accompagne. Mais elle préfère aller s'asseoir seule en semaine à la chapelle des Frères, vers la rue Ribéra, elle allume un cierge et rêve. D'ailleurs, elle se désintéresse de la piété. Un peu lui suffit. Depuis que tous ses hommes sont morts, elle trouve que le bon Dieu a légèrement forcé la dose. Peut-être pense-t-elle que son paradis, elle l'a déjà gagné...

Les soirées sont bien calmes. Télé et tricot. Tricot et télé. Quand la petite vient dîner, elle est contente et ne veut pas qu'on allume le poste. Et puis on va se coucher, pas bien tôt et pas bien tard. Je l'aide, je la borde, lui dis bonne nuit avec ses pilules du soir, j'éteins la lumière. Voilà notre vie.

Bien sûr, quelquefois, on se dispute. Elle se vexe pour un rien et moi je suis vive. Je sais, j'ai mon caractère. Quand je lui tourne le dos et pars en ronchonnant dans la cuisine, après je le regrette. C'est dur pour elle. Elle ne comprend pas toujours ce que je dis, je répète, un peu fort, j'oublie qu'elle est une « demi-femme » — ce sont ses mots —, je m'impatiente : « Mais enfin, Madame... », ça la rend folle ! Elle croit aussi avoir dit des choses qu'elle n'a pas dites... Tenace, autoritaire, elle l'est. C'est pour ça qu'elle vit. Elle donne le change, ne veut pas qu'on la plaigne. Si j'oublie son infirmité, c'est qu'elle peut encore paraître « normale ». Dans le fond, elle aime bien qu'on se dispute.

Oui, c'est là qu'on a brûlé les lettres de Fresnes. Elle avait tout ça, rangé dans des boîtes. Un jour, je l'ai trouvée en train de pleurer sur ces reliques. Mon sang n'a fait qu'un tour. « Il est mort, je vous dis qu'il est mort, pensez donc à vous, Madame, ça vous changera. » N'en avait-elle pas assez vu dans sa vie ? S'il lui restait quelques années à goûter, fallait-il encore qu'elle traîne avec elle ce passé-là ? Déjà bien assez de son corps... Elle avait droit, il me semble, à un peu de paix, à un peu de vide... Adieu attentes, prison, larmes et reproches... Allez, tout au feu !

Les photos, ce n'est pas pareil. Ce n'est pas comme les mots, les phrases qui font mal, les photos, ça repose. Elles évoquent des images, on peut s'y promener, c'est plus doux. Sa passion. Elle a tout repris, classé, collé dans les albums, pour la postérité. Aimant ajouter les dates, des petits commentaires parfois, à l'encre blanche sur les feuilles grises ou brunes. De la cuisine je l'entendais s'énerver. Se traiter de tous les noms. Elle avait réappris à écrire de la main gauche, mais l'écriture tremblait, lui jouant des tours. Elle ne m'appelait que si ça allait vraiment mal, ne voulant pas, fière et obstinée mais souvent au bord des larmes, qu'il soit dit qu' « elle n'y arrivait pas ».

Pendant qu'elle faisait ça, les heures s'envolaient...

Nos sorties étaient rares. Plutôt à la belle saison. Nous dépendions trop des autres, des voitures. La petite nous promenait de temps en temps. Nous conduisait au cimetière d'Asnières. Et puis nous nous sommes mises à faire des folies, à prendre des taxis ! Un vent de liberté ! Madame disait : « Après tout, à notre âge, on peut se payer ça ! » Surtout pour le cimetière : le taxi pouvait entrer et nous conduire près de la rangée où était la tombe. Ils sont si grands, ces cimetières de banlieue.

Pour sortir, elle se pomponnait, se mettait de la poudre, du rouge, son bracelet en or et sa bague d'améthyste. Pour aller voir les morts. Dame, une sortie, c'est une sortie.

Après la mort de Monsieur, en 63, il avait fallu vendre Champagne. Cela n'a pas été simple. Personne ne voulait de ce grand tracle ! On a eu la chance que le maire de Champagne ait la folie des grandeurs, il a réussi à acheter les Chardons, rebaptisé « Hôtel de Ville », en belles lettres dorées.. Le grand-père serait satisfait.

On ne pouvait plus la voir cette maison et pourtant, à la fin, devoir vider, trimbaler, remuer le passé, on en avait gros sur le cœur. Je me souviens du dernier automne. Comme un fait exprès, le temps était doux et beau, Madame passait des après-midi sous les tilleuls. « La maison commençait juste à être cachée par les arbres », disait-elle avec mélancolie. Les cerisiers roses, prunus, arbres de Judée, qui avaient eu le droit de pousser depuis la mort du grand-père, lançaient leurs branches en liberté et habillaient de couleurs la façade blanche. Les pierres se patinaient, certaines plus grises, d'autres mouchetées, Madame avait même rêvé de vigne vierge... et il fallait partir.

Dans les vergers, cette année-là, il y eut tant et tant de pommes... Des jours et des jours, on ramassa, on charria des paniers, des brouettes, la petite et moi surtout, aidées d'amis de passage. Nous étions prises de frénésie, comme s'il avait fallu que pas une pomme ne traîne sous un pommier après notre départ. « Qu'allons-nous faire de toutes ces pommes ? » disait Madame mi-émerveillée, mi-désolée en venant nous voir à l'ouvrage, s'appuyant sur sa canne et coiffée de son grand chapeau de paille. Elles étaient belles, nos pommes, rouges, jaunes, elles parfumaient les celliers, on n'avait jamais tant aimé le parfum des pommes. Tout le voisinage en profita et nous avons mangé les pommes, sous toutes les formes, jusqu'à la dernière...

Sans Champagne pour les vacances, toutes les deux, on ne se sentait pas mal à Paris, après tout. Mais mes congés ? Elle ne pouvait rester seule. Les filles travaillaient, toujours par monts et par vaux. Que faire ? J'ai emmené Madame à Arciat. Ce n'était pas la première fois... Installée dans la petite chambre au fond de la cuisine, elle dormait dans le lit de ma mère, entendait sonner « m'norloze » — les mots de patois la faisaient rire —, elle était contente. Tout le monde la connaissait, les voisins, les cousines venaient la voir. On en avait, par ici, des souvenirs à partager, des histoires à se raconter autour de la table ou dehors, sous l'auvent. Tous les jours, elle faisait son petit tour avec sa canne, partait se promener vers la Saône ; de la cuisine je la regardais longer les peupliers, puis elle revenait s'asseoir à l'ombre avec son ouvrage. Cette femme se reposait. Ne l'avait-elle pas mérité ? Cela me plaisait de lui voir bonne mine dans mon jardin, entre mes rosiers et mes marguerites.

On n'avait pas tellement d'argent et cet appartement de quatre pièces devint grand pour nous deux. Les filles habitaient le quinzième ; la petite trouva un deux-pièces rue Saint-Charles. Ce n'était pas immense mais en se serrant... De plain-pied sur le jardinet entre les deux immeubles, on n'était pas mal, continuant notre vie bien plan-plan toutes les deux. La petite nous laissait sa fille, un bébé de deux ans, pendant la journée. Et j'avais la rue Saint-Charles, très plaisante avec son marché, ses commerçants.

Madame quittait de moins en moins son fauteuil. Elle n'était pas vieille, soixante-quatre, soixante-cinq ans, mais la maladie la « rattrapait ». Pendant quelques années, elle lui avait tenu tête, maintenant elle se sentait moins de forces et peinait pour donner le change, toujours tenace, tant qu'elle pouvait.

Le temps passait. Je l'aidais davantage pour sa toilette,

pour s'habiller. Ça la contrariait, mais elle acceptait. Elle avait de terribles moments de cafard, avec la hantise de devenir totalement impotente. « Un jour, ça n'ira plus du tout, Juliette, voyez comme je suis maladroite. Je ne peux plus vous imposer cela. Mieux vaut mourir vite. » Je riais jaune, je la rassurais : « Ça va pour le moment. Tant que ça va, ne vous en faites pas, je suis là, n'y pensez pas. » Mais je lui faisais les poches et je retrouvais des comprimés de Sonéryl dissimulés dans la doublure de son panier à ouvrage !

Elle se mit dans la tête d'aller dans une maison de retraite. « Pour que vous puissiez enfin profiter de la vie, Juliette, disait-elle. — Et que fais-je d'autre, Madame ? Dans une maison, on ne vous prendra jamais ! Laissez-moi donc m'occuper de vous. » Elle se fâchait : « En vendant tout, je pourrai bien me payer une infirmière en prime ! Les enfants viendront me voir le dimanche, vous m'écrirez d'Arciat... » Elle rêvait. Les filles, pour ne pas la contredire, se mirent en quête de maisons idéales... et revinrent déprimées. J'eus l'impression qu'on était en train de l'envoyer à l'asile et ça, jamais. Je leur dis à toutes les trois d'arrêter la musique. Je pouvais encore servir. J'avais la vie devant moi pour prendre ma retraite...

Le temps, hélas, apporta la solution tout seul et plus vite qu'on n'aurait voulu. Ce soir-là, je ne l'oublierai pas. On regardait tranquillement la télévision, chacune dans son fauteuil, moi le chat sur les genoux. Madame prit son tricot et se concentra sur les mailles.

— Vous voulez que j'arrête le poste ? demandai-je.

Elle ne répondit pas. Cela arrivait, elle entendait mal parfois. Je la laissai tricoter. Tout à coup, elle me dit d'une drôle de voix :

— Juliette, je crois que je n'y arrive plus.

Je m'approchai et regardai son ouvrage. Ayant à peine commencé et fait quelques rangs de tricot, elle n'avait aucune raison d'arrêter, et pourtant, elle venait de rabattre les mailles, comme pour finir, il lui en restait cinq ou six sur son aiguille.

— Pourquoi avez-vous arrêté votre ouvrage, Madame ?

Alors je vis ses grands yeux clairs, me voyait-elle encore ?

— Mais Juliette, parce que c'est fini.

Ce furent ses derniers mots. Je réussis, en la soutenant, à la faire marcher jusqu'à son lit. Elle se laissait faire, je la couchai. Je la crus endormie, mais j'appelai la petite. Ça n'avait pas l'air d'un sommeil ordinaire...

Les six semaines d'hôpital, je voudrais les oublier. Eux n'arrivant pas à la réveiller, elle n'arrivant pas à mourir. Pauvrette. La dernière fois que je l'ai vue..., j'ai mal d'y penser. Marie m'avait emmenée. Chacune d'un côté du lit. Si elle s'était vue ! Tous ces tuyaux. Mon Dieu. On ne meurt pas comme ça. Mais surtout. Elle était nue, nue sous les draps. Toujours sa belle peau, mais ses épaules : nues. Quels sauvages, la laisser ainsi. Je frottai ses épaules, ses bras, pour la réchauffer. Ma pauvre Alice. Je préfère oublier l'hôpital. Et penser qu'elle s'est endormie dans son lit quand je l'ai couchée et bordée comme tous les soirs. Endormie après avoir fini son tricot. Rangé sa vie dans son panier.

J'ai eu de la peine. Je tournais en rond dans l'appartement, le chat dans les jambes. Je tournais, inutile. Trente-cinq ans : on avait fait un sacré bout de chemin ensemble.

Ma mère mourut fin novembre 1971. Juliette continua à « tourner en rond » pendant des semaines et des mois. Elle ne voulait pas « se bousculer ». Sa maison l'attendait à Arciat, avec sa sœur Hortense, retirée depuis deux ans déjà. « Je vais attendre le printemps, disait-elle, ce sera moins triste. » Sa solitude nouvelle, sa liberté lui semblaient gagnées injustement par la mort de « sa dame ». Les gens lui disaient : « Vot' dame vous a don' quittée », et elle fondait en larmes. Elle ne s'y faisait pas.

A cette époque, je décidai de quitter Paris et de partir vivre dans le Midi. Une date fut fixée fin avril 1972. Juliette n'avait plus d'alibi pour rester à Paris. Le printemps était là, les fleurs l'accueilleraient dans sa campagne. Ma sœur la conduirait en voiture avec « tout son bazar ». Je prenais l'avion pour Nice avec ma petite fille, deux ou trois jours avant le départ de Juliette. Elle voulut m'accompagner à l'aéroport. On se quittait, c'était la fin d'une vie. On a fait les fanfaronnes jusqu'à la salle d'embarquement. De sa poche, elle a sorti une chose enveloppée dans du papier d'aluminium.

— Prends ça, c'est pour l'avion.

Raides et muettes, on s'est embrassées, elle tenait son mouchoir serré dans une main.

— On se revoit bientôt, ma Zèzè (surnom que je lui avais donné étant petite et qui lui est resté).

— Mais oui, mais oui, allez, partez donc ! Avor'vo, avor'vo !

Juliette les mains vides, son manteau gris et son bonnet de laine. Juliette faisant signe de loin, le visage inondé de larmes.

Une fois dans les nuages, j'ai ouvert le paquet, un peu mou dans son papier d'aluminium. Deux parts du gâteau marbré au chocolat qu'elle avait fait la veille pour le dîner d'adieu. Émilie s'est jetée dessus et me regardait, sans comprendre pourquoi je mâchais mon gâteau préféré en pleurant comme une Madeleine.

Depuis douze ans, Hortense et Juliette vivent leur retraite à deux dans leur petite maison du bord de Saône, la maison de leur mère Françoise, où l'horloge et le vaisselier sont toujours à la même place, où la couleur rose pâle du crépi de la façade n'a pas changé, ni la place de la pompe à droite de la fenêtre de la cuisine, ni l'auvent de tuiles rondes, les murs de pisé, ni la pente de la pelouse jusqu'à la grille verte de l'entrée. Ce qui a changé, c'est le confort. On a modernisé. On s'est payé l'eau sur l'évier avec un chauffe-eau au gaz, bien que l'on continue à laisser chanter la bouilloire sur la cuisinière à bois, et puis on a le chauffage central : un poële à mazout dans la chambre avec des radiateurs. Sur une partie de l'ancienne étable, une pièce a été gagnée que l'on a baptisée « salle à manger », mais on préfère manger à la cuisine ou, l'été, dehors sous l'auvent. De salle à manger, la pièce a le nom, plus une table et un buffet où l'on range la vaisselle des grands jours, un canapé-lit que l'on déplie pour la famille ou les amis de passage, enfin y trône la télé que l'on regarde le soir en s'enroulant dans des châles car la pièce n'est pas chauffée. On n'a pas de salle de bains, on n'en a jamais eu, qu'est-ce qu'on en ferait quand on se lave aussi bien devant l'évier. Les waters sont restés à leur place d'antan, dehors, contre le mur à Orgeret, derrière les marguerites, mais avec une vraie cuvette et une chasse d'eau, depuis peu.

Hortense et Juliette font bon ménage, chacune son porte-monnaie, partageant tout, les travaux comme la nourriture et les frais de la maison, un sou est un sou, au centime près, chacune sa petite rente de « gens de maison » et son livret de caisse d'épargne, on s'en tire très bien comme ça, on a peu de besoins. Chacune aussi ayant son idée sur la marche d'un ménage et la culture d'un potager, idée différente, bien sûr, qui entretient l'ambiance au foyer ! Bref, toutes deux se chipotant pour un oui, pour un non, Juliette ronchonnant dans son coin, mais Hortense l'emportant souvent parce qu'elle est l'aînée, après tout. « Et la plus entêtée, ajoute malicieusement Juliette, mais tu sais, si on se dispute, si on se dit des sottises, on s'amuse bien aussi, et puis, c'est la preuve qu'il nous reste de l'énergie ! »

Quand elle est revenue au pays en 1972, Juliette avait des ailes. Enfourchant son vélo, elle parcourut sa campagne dont, depuis tant d'années, elle ne voyait que quatre semaines d'été. Elle filait sur l'asphalte, reconnaissait les arbres, se souvenait des tas de cailloux du père Genard et regardait les enfants multicolores sortir de son école en piaillant. Au village, tout était bien léché, goudronné, ravalé, mais les maisons, les bâtiments autour de la place étaient les mêmes et le bassin avec sa fontaine toujours là. Les cloches carillonnaient la même chanson, le seul changement qu'elle regrettait vraiment, c'est la messe en français. « Pendant qu'on égrenait ces mots latins, on avait l'impression, va savoir pourquoi, que les prières étaient plus efficaces. »

Le long des saules, le long des prairies et des trous d'eau, elle pédalait en chantant, s'arrêtant quand de vieilles connaissances émergeaient d'une clôture ou d'un carré de tomates : « Te f'tia don' rěv'nue, Juliette ! » Eh oui, c'est bien moi et je ne m'en irai pas de sitôt.

Elle fit la tournée des cousines, des amies, des « gréta »

qui n'étaient pas mortes et se rappelaient sa mère, s'arrêtant dans les cours de ferme : « Eh, Juliette, tu nous donneras bien un coup de main dans la vigne, ça te connaît », bavardant à l'ombre des cuisines et racontant une fois de plus, à la Titine ou à Marie Durand, comme pour se persuader qu'elle n'avait pas rêvé, comment sa pauvre dame s'en était allée. « Elle est partie dans mes bras, je l'ai tenue vivante pour la dernière fois et je ne le savais pas. » On essuyait une larme, on finissait son café et puis en route, le tour par les Genettes, là-bas, où les peupliers sont les plus hauts. Et surtout, qu'on se le dise : la Juliette était de retour.

Vinrent l'été, les buissons de roses, les siestes sous l'auvent, les grandes tablées du dimanche quand déferlaient le neveu Charles et sa ribambelle d'enfants, les sœurs et Ginette, la fille de Louise. On se retrouvait, toute la famille, on passait du bon temps. Hortense et Juliette aidèrent aux vendanges chez la Denise, il y avait par-ci par-là toujours des services à rendre, elles n'arrêtaient pas.

Je vins voir Juliette cet automne-là. Elle était éblouissante, m'emmena cueillir les framboises qui, sinon, allaient se gâter et me montra, tout excitée, comme elle s'y prenait pour faucher, d'un grand geste large et sûr, celui que son père lui avait appris. « Je fais ça mieux que les jeunes, tu peux me croire ! » Bras dessus, bras dessous, on marcha vers la Saône, puis le long de l'ancien chemin de halage. Le soir descendait calme et doux, deux trois barques glissant silencieuses avec leur pêcheur immobile fixant l'hameçon. Alors, Juliette « m'avoua » qu'elle était très heureuse de sa nouvelle « vie de rentière » et qu'elle « pétait le feu ». Elle me regardait de ses yeux clairs qui, si vite, s'emplissent de larmes et aussi vite retrouvent leur éclat pétillant. « S'il avait fallu, tu sais que je serais restée. J'aurais préféré soigner ta mère encore longtemps... Mais, depuis que j'ai retrouvé le pays, je respire. Mon Dieu que je suis bien ! Ne plus dépendre de personne, ne plus “ servir ”, tu comprends comment je le dis, vivre ce que j'ai envie de vivre, un jour après l'autre. La liberté. Ce n'est pas le bonheur, ça ? »

L'hiver succéda à l'automne, je ne me souviens plus à quoi joua la Saône cette année-là. Peu importait. Juliette était réinstallée dans le rythme de ses saisons, dans des habitudes et des gestes qu'il lui semblait ne jamais avoir abandonnés.

L'année suivante, je lui apportai le manuscrit des *Lauriers du lac de Constance,* je voulais qu'elle soit la première à le lire, je le lui dédiais. Elle le lut. « C'est bien ça, dit-elle pensivement, oui, on a bien vécu cela... Tu as fait quelques erreurs, par exemple : ta mère n'avait pas autant de robes de soie que tu l'écris, et tu me fais dire des phrases que je n'ai pas dites forcément comme ça... Enfin, c'est peu de chose... Tu vas vraiment faire un livre avec cette histoire-là ? Eh bien... Si tu arrives à gagner ta vie avec ça, ma fille, on pourra dire que les conneries de ton père auront servi à quelque chose ! »

Le matin, les deux sœurs se lèvent en même temps dans la chambre où elles ont chacune un grand lit. Elles s'habillent « à moitié », enfilant par-dessus leur combinaison une robe de chambre bien chaude l'hiver, une blouse l'été. « Je n'aime pas traîner au lit, dit Juliette, dès que j'ai l'œil ouvert, il faut que je sois debout. » Elle allume le feu dans la cuisinière et prépare le café. Fait un petit tour dehors du côté des marguerites, hume l'air, regarde le ciel et la rosée, la Saône qui scintille dans les feuilles au bout du chemin, court grise et bourrue à travers les branches noires ou alors clapote dans les prés quand elle ne vient pas lécher la grille.

« Cheut' te don' ! Et mange don' ma fille, tu ne sais pas qui te mangera... » Sur la toile cirée à fleurs, c'est la pause petit déjeuner. On commente le temps qu'il fait, on prévoit les occupations de la journée, mais on ne traîne pas. Avec Hortense, on ne traîne jamais. Cette petite femme courbée par les « douleurs » ne tient pas en place et glisse, infatigable, d'une tâche à l'autre, sur des jambes qui semblent fragiles mais la portent cahin-caha, et je vais et je viens, regardant le bout de mes souliers mais voyant tout ce qui se passe alentour, de la chambre à la cuisine, de la cuisine à la cour et au jardin. « On a bien le temps », soupire Juliette. Non. Hortense se lève de sa chaise, ôte les bols, passe l'éponge sur la table et va à son évier. Puis elle ouvre toutes les fenêtres. Été comme hiver. Si on gèle, ça ne fait rien, c'est la santé. Juliette « morgonne » et la suit. On ouvre les lits, on secoue les draps, on fait les lits. Puis le balai, le chiffon à poussière et la toile mouillée sur le sol. On ferme les fenêtres et il est temps de s'attaquer dehors à la poussière qui menace jour après jour l'étendue impeccable de ciment sous l'auvent... Juliette rouspète, mais Hortense ne l'entend plus. S'il y a des choses à laver, il faut les laver tout de suite, qu'elles aient le temps de sécher aujourd'hui. Sait-on de quoi demain sera fait ? A neuf heures, tout est propre et net, on va pouvoir faire notre toilette et penser au déjeuner.

Juliette regrette de ne plus enfourcher sa bécane, elle aimait bien aller faire son tour de village le matin. « Je pourrais à la rigueur, mais on vieillit ! Si je venais à tomber, je serais bien avancée. Ah, si j'avais passé mon permis... » Arrêter le vélo à soixante-dix-huit ans et ne pas avoir de voiture, double handicap quand on habite un hameau sans commerçant. « Il me reste mes jambes, et puis, les gens sont gentils, on s'arrange. Ginette, qui a maintenant une maison à l'autre bout du hameau, aux Genettes, passe le samedi en voiture et nous allons faire les courses pour la semaine à Grièges, à Cormoranche. »

Quand Hortense fait la cuisine, Juliette assiste. Hortense a cuisiné toute sa vie, Juliette aussi, mais c'est Hortense la cuisinière. Depuis la quinzaine d'années qu'elle a pris sa retraite, Hortense, dans la cuisine de sa maison, refait exactement les gestes qu'elle a faits pendant quarante ans dans la cuisine des autres. Silencieuse, appliquée, elle tourne les sauces, pétrit, mélange, mijote des plats simples ou difficiles, toujours délicieux, sans jamais consulter la moindre recette, toutes les proportions dans la tête, avec cette souplesse dans le plus menu geste, ce doigté, qui révèlent la main maîtresse, celle qui sait de tout temps, sans peser ni mesurer, ce que sont une pincée, une poignée, une cuillerée, ou la consistance d'une pâte ou d'un soufflé. Aujourd'hui, un peu plus penchée sur le fourneau, le geste plus lent, la main peut-être un peu tremblante, elle va sans doute moins vite à préparer un repas, mais la cuisine, c'est elle. « Que veux-tu, ma fille, dit Hortense avec un sourire dans ses yeux pâles, à notre âge, on ne va pas vers les beaux jours ! »

Pour nous deux le déjeuner est simple, mais il faut manger à sa faim et de tout. On ne se prive pas. Après le déjeuner, notre petite réussite, Hortense s'y est mise, et puis vite, sans tarder, la vaisselle ! Lavée, essuyée, rangée, et que ça saute ! L'été, une bonne sieste à l'ombre, l'hiver on se laisse piquer du nez, assises sur nos chaises.

Si le temps le permet, l'après-midi nous allons gratter au jardin potager. Il y a toujours quelque chose qui réclame ! Je ne peux plus faucher, c'est dommage, mais Hortense bêche encore son carré. Crois-tu. Je la sermonne. Rien à faire.

Quand les brouillards nous cernent, quand la Saône nous transforme en naufragées, l'important, c'est de ne pas avoir froid, de se distraire. Les après-midi sont longues. On enchaîne le goûter sur la sieste, les heures sonnent quand même, le temps passe. On fait des parties de petits chevaux. Endiablées ! Ou bien on met nos lunettes et on lit un livre prêté par le Club. Quand elle peut arriver jusque-là en vélo par les Croisettes, Titine vient nous faire rire, on goûte ensemble, on sort le Nain jaune. Oh, on ne s'ennuie pas. La nuit tombe, je ferme tout, c'est vite l'heure de la soupe et des *Chiffres et les Lettres*. Ça nous plaît. On s'installe à la télé. C'est parti. Quand on s'endort devant, c'est le signal, ça suffit, au lit. Hortense ses douleurs, moi ma tension, mais on se soigne. Un jour poussant l'autre, voilà nos journées. Que veux-tu de plus ?

Heureusement, à Cormoranche, il y a « le Club ». Le « Club des anciens » dont Juliette devint vite un membre actif. Au début, les trouvant « un peu tristes tous ces vieux », elle s'employa à les égayer, participant à l'animation de nombreuses fêtes. Une fois déguisée en Martiniquaise, coiffée d'un ananas et entraînant l'assemblée dans une danse exotique, une autre fois habillée en Bécassine et lui ressemblant à s'y méprendre... Nous avons les réunions ordinaires dans une salle de la mairie, deux fois par mois, on se retrouve devant toutes sortes de gâteries, fêtant l'anniversaire de l'un ou de l'autre, se racontant des histoires, jouant au bouchon ou au loto, et se payant des fous rires... Il y a aussi les réjouissances plus spéciales avec banquet, chansons et rigolade, quand on peut danser, c'est encore mieux. Juliette a toujours été une excellente valseuse, à l'endroit, à l'envers : « Maintenant, je m'essouffle vite », dit-elle, mais, quand on l'invite à tourner autour des tables, elle ne dit pas non.

Avec le Club, ce qu'elle préfère, c'est partir en voyage. Très tôt le matin on vous prend en autocar et, toute la journée, on vous balade, à midi le restaurant, on visite, on s'amuse et on s'instruit. Ainsi Juliette a vu Aix-les-Bains, Chamonix et la Mer de glace, elle a « fait » le facteur Cheval à Hauterives : « Ça, c'était un artiste », et une belle virée en Corrèze... Une fois, ils sont même allés à Paris, en TGV, aller-retour dans la journée. « Tu te rends compte, des choses que je n'avais jamais vues quand j'étais parisienne : Montmartre, Pigalle et les bateaux-mouches ! »

Juliette mène la vie de son village, regarde monter puis descendre la Saône, voit les arbres pousser, les voit aussi, hélas, tomber, comme les beaux peupliers qu'on leur a coupés juste avant l'été 1983, été qui fut si chaud, quarante degrés sous l'auvent et plus de peupliers pour se mettre à l'ombre. Les deux sœurs ne savaient plus où rester au frais, mais ne s'en plaignaient pas pour autant. « Que veux-tu. S'ils les plantent, c'est pas pour nos beaux yeux et, s'ils les coupent, c'est pour leurs sous. Entre les deux, on en profite quand même. »

Les jours passent, les voitures bourdonnent sur l'autoroute, l'horloge tape les heures, tant qu'on tient sur nos jambes pour aller aux enterrements des autres... On devient raisonnables à notre âge. Ils s'en vont les vieux, les uns après les autres, quand il y a une place vide au goûter du Club, on se tait un moment, on parle du défunt et puis on reprend notre partie de bouchon. Un jour, ce sera notre tour d'aller fumer les mauves...

Pour ne pas être prises au dépourvu et ne pas embêter les vivants avec ces problèmes, Juliette et Hortense, en 1980, se sont mises en frais pour offrir une pierre toute neuve avec sa croix à leur père Charles, enterré au petit cimetière de Cormoranche et, par la même occasion, se faire préparer un beau caveau bien étanche, « pour avoir les pieds au sec ». Comme ça, « on sait où on va » et puis on ne fera pas figure de pauvres, la Victorine peut toujours loucher sur notre granit, sa demeure à elle n'est pas mieux que la nôtre, et puis les pissenlits ont le même goût pour tout le monde.

Ce qui n'est pas juste, c'est que la mort s'attaque aux jeunes. Ainsi le neveu Charles, le fils de Germaine, si doux avec ses yeux bleus, parti laissant une veuve et quatre orphelins… « Mais, si la vie n'est pas juste, pourquoi la mort le serait ? »

Avril 1984.

Le livre est presque fini. Il lui manque un regard, celui de l'intéressée. Au long de l'année, Juliette s'est peu souciée de mon travail. Je l'ai tenue au courant, lui demandant de préciser certains détails. Pas curieuse pour un sou, elle me parlait vite d'autre chose au téléphone, racontant la sortie du Club pour aller voir *Holiday on Ice* à Bourg-en-Bresse ou le temps qu'il faisait sur les bords de la Saône. J'étais de plus en plus anxieuse. Qu'allait-elle penser de « son histoire » ? A présent, le livre est presque fini... Je l'appelle :

— Il faut que tu le lises, que l'on se voie...

— Si tu veux...

— Je pourrais t'en lire des passages et tu lirais le reste, tranquillement ?

— Bon. Si tu crois...

Je lui propose de venir pour Pâques, en deux jours nous aurions le temps d'en parler.

— Je vais demander à Hortense, dit-elle, mais pourquoi pas, après tout, cela fait longtemps qu'on n'a pas passé de fête ensemble... Attends (elle demande à Hortense)... Oui, ça va, viens donc avec tes filles, il fait beau, c'est une bonne idée, ça nous distraira.

Nous arrivons samedi pour déjeuner. Temps merveilleux. « Pour une fois, un vrai temps de Pâques », dit gaiement Juliette en nous embrassant. Primevères, tulipes, carré de pelouse resplendissante. « On aura le muguet juste à temps, et regarde, les hortensias que l'on croyait crevés de la dernière crue, les voilà qui repartent ! » Fraîche et rose, Juliette nous fait les honneurs du printemps. Mine superbe : « On ne s'en sort pas trop mal, tu vois ! » Elle est allée chez le coiffeur, ses cheveux légers, blond cendré, la rajeunissent encore.

Hortense est au fourneau. Je me baisse pour l'embrasser tandis qu'elle pose déjà le saladier sur la table.

— On voulait te demander quelque chose, avance timidement Juliette entre le rôti et le fromage, si ça ne te dérangeait pas trop, bien sûr... On aimerait bien aller voir notre pauvre Germaine, dans sa maison de retraite. Pour profiter de la voiture... et du chauffeur ! Tu n'es pas fâchée ? Oh, ce n'est pas loin, une heure et demie au plus, après Villefranche, on connaît le chemin, enfin, c'est comme tu veux...

Germaine, la petite sœur qui a perdu tous ses hommes, ses deux fils puis son mari l'année dernière, ne pouvait plus rester seule. Elle a toujours ses yeux bleus mais, dans son brouillard, ne voit plus le monde tel que les autres le voient. Elle serait contente d'avoir de la visite, pour Pâques.

Dans le couloir peint en marron clair, près de la fenêtre fermée, dominant les collines du Beaujolais, nous passons plus d'une heure avec Germaine et quelques petites grand-mères, l'air complètement perdues sur leurs chaises de moleskine ; elles grignotent des petits-beurre et s'étonnent du beau temps. Germaine pleure un peu quand nous partons, puis se rassied. La maison est propre, rideaux de cretonne aux fenêtres de la salle à manger. Dans le hall d'entrée : « Bonjour messieurs dames, dit Juliette assez fort aux quelques vieillards éparpillés sur des bancs, on ne va pas se promener par ce beau temps ? — L'air est frais, vous savez, répond une petite voix, et au soleil il fait trop chaud, alors on regarde par la vitre... »

Dehors, les arbres sont encore nus, les oiseaux chantent. « Regarde-moi ce ciel », dit Juliette en respirant à pleins poumons. Puis en s'installant dans la voiture : « Je peux te dire qu'on a de la chance d'être comme on est... » Hortense se mouche et ne dit rien.

De retour à la maison, il est six heures...

— Quand pourras-tu m'accorder un entretien ? dis-je à Juliette qui ne rit pas.

— On a bien le temps ! Tu dois être fatiguée et puis il est tard, il faut penser au dîner.

Hortense a déjà mis son tablier et s'affaire, lente mais obstinée, entre le fourneau et la table : je vais enfin apprendre la meilleure façon de préparer les œufs à la neige. C'est le dessert pour demain midi.

— On ne t'a pas dit, on a invité les Durand, Marie et Robert ; avec leurs filles et les tiennes, nous serons neuf. D'ailleurs, viens donc m'aider à sortir la grande table de la cave... Le repas sera simple, on pourra aller tranquillement à la messe le matin, tu veux bien nous emmener et nous reprendre ? Tu n'es pas obligée d'y rester, toi.

Bon. C'est Pâques après tout. Ce soir, on ne fera rien. Plus qu'à dormir sur mes 239 pages. Pas si vite, il y a *Champs-Élysées* à la télé ! « C'est amusant, on n'en manque pas un. Ils ressortent des chanteuses d'il y a vingt et trente ans. On ne les entend plus chez nous, mais elles sont toutes vedettes au Japon et en Afrique... »

J'ai dormi dans la petite chambre, sous l'édredon rouge de Mémé Françoise. Quand l'horloge a sonné huit heures, Juliette, que j'entendais déjà depuis un moment gratter les cendres de la cuisinière, est venue m'embrasser, puis a ouvert la fenêtre sur la venelle, derrière la maison. Au-delà du mur bas de pisé, le champ vert, illuminé par les cerisiers en fleur.

Juliette se fait belle. Jupe grise, le pull angora bleu pervenche que je lui ai offert à Noël. J'arrange l'écharpe de mousseline bleu pâle à son cou. Elle a le plaisir d'enfiler son « manteau d'été » en gabardine ardoise. Rouge à lèvres, mèches blondes, teint frais et pommettes roses.

— Tout à l'heure, je vais te photographier devant tes buissons ardents, tu es superbe !

— Je ne suis pas mal, c'est vrai, dit-elle en riant ! Plus d'une « gréta » m'a demandé la recette contre les rides. C'est le bon Dieu qui m'a faite, je n'y peux rien, que veux-tu dire !

Dehors, la rosée mouille les souliers. Nous allons avoir une belle journée. J'accompagne les deux sœurs. Les cloches sonnent sur la place de Cormoranche ; entre le bassin et le porche de l'église, des familles habillées de clair, des enfants en chaussettes blanches. Têtes bien coiffées, permanentées, mais pas de chapeaux. Fini les chapeaux du jour de Pâques.

A la sortie de la messe, on s'embrasse, on papote. Je retrouve des connaissances — : « T'es don' venue faire un tour chez nous ? » —, le Pierrot Morel, Marie sa sœur devenue Durand, enfants de la Rose, cousine très chère de Juliette, avec lesquels Anne et moi nous jouions autrefois. La cousine Titine des Croisettes, m'avisant, s'écrie : « Te voilà toi ! Je ne t'ai pas vue à l'église, ce matin ! »

Il y eut le déjeuner, dans la cuisine avec la porte ouverte. « Sous l'auvent, dehors, il fait encore un peu frais pour nos vieux os, on y prendra plutôt le café au soleil, quand ma sœur Louise viendra avec Ginette, tout à l'heure, oui, au fait, elles viennent pour le café ! »

Entre les œufs à la neige et ce maudit café, avec la complicité de Marie, je coince Juliette à l'ombre de la remise : « Cheut' te don' », assieds-toi et ne bouge plus ! Je réussis à distiller dans son oreille trente et quelques feuillets, nous voilà presque à la guerre de 14, ce n'est pas si mal. De temps en temps, Juliette renifle, ma voix flanche...

— Ça va ?

— Ça va !

— Il y a des petites choses que j'ai un peu changées parfois, ça ne te gêne pas ?

— Penses-tu, au contraire, c'est mieux comme ça. D'ailleurs, je serais incapable de te dire sur quoi tu as « brodé » ou pas... Ça va, continue...

On n'est pas allées loin. Louise et sa fille arrivaient. Ce fut une belle journée de chaleur inhabituelle. Après avoir papoté toute l'après-midi dans une douce somnolence, cela fit du bien, sur le coup de six heures, d'aller tous prendre le frais chez Ginette et Marcel, là-bas, au bout de la peupleraie, aux Genettes, où ils ont retapé une belle ferme. Assis dehors, on a pu deviser de tout, de rien, admirant l'herbe bien tondue, les arbres en fleur et les trois braves moutons dans leur enclos, tout en dégustant gentiment le champagne du soir...

Au dîner, seules les enfants avaient faim.

— On n'en peut plus, nous autres, dit Juliette, on ferait mieux d'aller se coucher. Au fait, quand pars-tu ?

— Demain matin !

— Pas trop tôt, j'espère, il faut que tu me lises la suite...

Lundi matin, il fait toujours aussi beau. Nous ne pouvons partir sans faire le tour du petit potager, à deux pas. Les pêchers sont en fleur, la rhubarbe frisotte, la récolte de groseilles promet. Il faut partir. Hortense et Juliette nous font signe jusqu'à ce que la voiture ait tourné vers le pont d'Arciat. J'ai laissé mon manuscrit à Juliette, pensant qu'elle ne le lirait jamais.

Une semaine plus tard, je l'appelle. Le temps se gâte sur la Saône, mais il ne faut pas se plaindre. Le muguet embaume le jardin, il a donné comme jamais, le lilas est magnifique : « Dommage que tu ne l'aies pas vu comme ça. Nous avons eu notre goûter au Club, Hortense a gagné une bouteille de mousseux au loto... » Bon. Le cœur battant, je me risque :

— As-tu eu le temps de regarder...

— J'ai tout lu !

— ...

— Dans le fond, c'est une vie bien remplie... Mais que veux-tu que j'en dise ?... Cette histoire, je la connais tellement qu'elle ne peut plus m'étonner.

Lans-en-Vercors, juin 1984.

IMPRIMERIE BUSSIÈRE À SAINT-AMAND (CHER)
DÉPÔT LÉGAL JUIN 1986. N° 9266 (877).

Collection Points

SÉRIE ROMAN

DERNIERS TITRES PARUS

R127. Si j'étais vous..., *par Julien Green*
R128. Le Mendiant de Jérusalem, *par Elie Wiesel*
R129. Mortelle, *par Christopher Frank*
R130. La France m'épuise, *par Jean-Louis Curtis*
R131. Le Chevalier inexistant, *par Italo Calvino*
R132. Dialogues des Carmélites, *par Georges Bernanos*
R133. L'Étrusque, *par Mika Waltari*
R134. La Rencontre des hommes, *par Benigno Cacérès*
R135. Le Petit Monde de Don Camillo, *par Giovanni Guareschi*
R136. Le Masque de Dimitrios, *par Eric Ambler*
R137. L'Ami de Vincent, *par Jean-Marc Roberts*
R138. Un homme au singulier, *par Christopher Isherwood*
R139. La Maison du désir, *par France Huser*
R140. Moi et ma cheminée, *par Herman Melville*
R141. Les Fous de Bassan, *par Anne Hébert*
R142. Les Stigmates, *par Luc Estang*
R143. Le Chat et la Souris, *par Günter Grass*
R144. Loïca, *par Dorothée Letessier*
R145. Paradiso, *par José Lezama Lima*
R146. Passage de Milan, *par Michel Butor*
R147. Anonymus, *par Michèle Manceaux*
R148. La Femme du dimanche
par Carlo Fruttero et Franco Lucentini
R149. L'Amour monstre, *par Louis Pauwels*
R150. L'Arbre à soleils, *par Henri Gougaud*
R151. Traité du zen et de l'entretien des motocyclettes
par Robert M. Pirsig
R152. L'Enfant du cinquième Nord, *par Pierre Billon*
R153. N'envoyez plus de roses, *par Eric Ambler*
R154. Les Trois Vies de Babe Ozouf, *par Didier Decoin*
R155. Le Vert Paradis, *par André Brincourt*
R156. Varouna, *par Julien Green*
R157. L'Incendie de Los Angeles, *par Nathanaël West*
R158. Les Belles de Tunis, *par Nine Moati*
R159. Vertes Demeures, *par William Henry Hudson*
R160. Les Grandes Vacances, *par Francis Ambrière*
R161. Ceux de 14, *par Maurice Genevoix*
R162. Les Villes invisibles, *par Italo Calvino*
R163. L'Agent secret, *par Graham Greene*
R164. La Lézarde, *par Édouard Glissant*
R165. Le Grand Escroc, *par Herman Melville*
R166. Lettre à un ami perdu, *par Patrick Besson*
R167. Evaristo Carriego, *par Jorge Luis Borges*
R168. La Guitare, *par Michel del Castillo*
R169. Épitaphe pour un espion, *par Eric Ambler*

R170. Fin de saison au Palazzo Pedrotti, *par Frédéric Vitoux*
R171. Jeunes Années. Autobiographie 1, *par Julien Green*
R172. Jeunes Années. Autobiographie 2, *par Julien Green*
R173. Les Égarés, *par Frédérick Tristan*
R174. Une affaire de famille, *par Christian Giudicelli*
R175. Le Testament amoureux, *par Rezvani*
R176. C'était cela notre amour, *par Marie Susini*
R177. Souvenirs du triangle d'or, *par Alain Robbe-Grillet*
R178. Les Lauriers du lac de Constance, *par Marie Chaix*
R179. Plan B, *par Chester Himes*
R180. Le Sommeil agité, *par Jean-Marc Roberts*
R181. Roman Roi, *par Renaud Camus*
R182. Vingt Ans et des poussières, *par Didier van Cauwelaert*
R183. Le Château des destins croisés, *par Italo Calvino*
R184. Le Vent de la nuit, *par Michel del Castillo*
R185. Une curieuse solitude, *par Philippe Sollers*
R186. Les Trafiquants d'armes, *par Eric Ambler*
R187. Un printemps froid, *par Danièle Sallenave*
R188. Mickey l'Ange, *par Geneviève Dormann*
R189. Histoire de la mer, *par Jean Cayrol*
R190. Senso, *par Camillo Boito*
R191. Sous le soleil de Satan, *par Georges Bernanos*
R192. Niembsch ou l'immobilité, *par Peter Härtling*
R193. Prends garde à la douceur des choses *par Raphaële Billetdoux*
R194. L'Agneau carnivore, *par Agustin Gomez-Arcos*
R195. L'Imposture, *par Georges Bernanos*
R196. Ararat, *par D. M. Thomas*
R197. La Croisière de l'angoisse, *par Eric Ambler*
R198. Léviathan, *par Julien Green*
R199. Sarnia, *par Gerald Basil Edwards*
R200. Le Colleur d'affiches, *par Michel del Castillo*
R201. Un mariage poids moyen, *par John Irving*
R202. John l'Enfer, *par Didier Decoin*
R203. Les Chambres de bois, *par Anne Hébert*
R204. Mémoires d'un jeune homme rangé *par Tristan Bernard*
R205. Le Sourire du Chat, *par François Maspero*
R206. L'Inquisiteur, *par Henri Gougaud*
R207. La Nuit américaine, *par Christopher Frank*
R208. Jeunesse dans une ville normande *par Jacques-Pierre Amette*
R209. Fantôme d'une puce, *par Michel Braudeau*
R210. L'Avenir radieux, *par Alexandre Zinoviev*
R211. Constance D., *par Christian Combaz*

R212. Épaves, *par Julien Green*
R213. La Leçon du maître, *par Henry James*
R214. Récit des temps perdus, *par Aris Fakinos*
R215. La Fosse aux chiens, *par John Cowper Powys*
R216. Les Portes de la forêt, *par Elie Wiesel*
R217. L'Affaire Deltchev, *par Eric Ambler*
R218. Les amandiers sont morts de leurs blessures *par Tahar Ben Jelloun*
R219. L'Admiroir, *par Anny Duperey*
R220. Les Grands Cimetières sous la lune *par Georges Bernanos*
R221. La Créature, *par Étienne Barilier*
R222. Un Anglais sous les tropiques *par William Boyd*
R223. La Gloire de Dina, *par Michel del Castillo*
R224. Poisson d'amour, *par Didier van Cauwelaert*
R225. Les Yeux fermés, *par Marie Susini*
R226. Cobra, *par Severo Sarduy*
R227. Cavalerie rouge, *par Isaac Babel*
R228. Tous les soleils, *par Bertrand Visage*
R229. Pétersbourg, *par Andréi Biély*
R230. Récits d'un jeune médecin, *par Mikhaïl Boulgakov*
R231. La Maison des prophètes, *par Nicolas Saudray*
R232. Trois Heures du matin à New York, *par Herbert Lieberman*
R233. La Mère du printemps, *par Driss Chraïbi*
R234. Adrienne Mesurat, *par Julien Green*
R235. Jusqu'à la mort, *par Amos Oz*
R236. Les Envoûtés, *par Witold Gombrowicz*
R237. Frontière des ténèbres, *par Eric Ambler*
R238. Les Deux Sacrements, *par Heinrich Böll*
R239. Cherchant qui dévorer, *par Luc Estang*
R240. Le Tournant, histoire d'une vie, *par Klaus Mann*
R241. Aurélia, *par France Huser*
R242. Le Sixième Hiver, *par Douglas Orgill et John Gribbin*
R243. Naissance d'un spectre, *par Frédérick Tristan*
R244. Lorelei, *par Maurice Genevoix*
R245. Le Bois de la nuit, *par Djuna Barnes*
R246. La Caverne céleste, *par Patrick Grainville*
R247. L'Alliance, tome 1, *par James A. Michener*
R248. L'Alliance, tome 2, *par James A. Michener*
R249. Juliette, chemin des Cerisiers, *par Marie Chaix*
R250. Le Baiser de la femme-araignée, *par Manuel Puig*
R251. Le Vésuve, *par Emmanuel Roblès*
R252. Comme neige au soleil, *par William Boyd*